中公文庫

のりものづくし

池澤夏樹

中央公論新社

まえがき

自分が乗り物が好きであることに遅ればせに気づいた。

実を言えば旅が好きであることを知ったのも三十歳くらいになってからで、遅かった理由は貧しかったというに尽きる。

ぼくは終戦の一か月ほど前の生まれで、戦後日本と足並みを揃えて育った。日本が貧しい間はぼくも貧しく、高度経済成長の余禄が回ってくるようになったのが一九七〇年代なかば。そこで初めて飛行機というものに乗った。知らぬ土地を見るのは楽しいと知って、これを人生の基軸に据え、四十年あまり、旅や移住を重ねた。

そういう日々を振り返りながら、移動の手段である乗り物への関心を改めて整理してみようと思い、この方針に沿っていくつもエッセーを書いた。それを集めたのがこのつつましい本である。

乗り物が好きというのはどこか子供っぽい。ぼくにはコレクションの趣味はないけれど、勝手に旅をした結果として乗り物コレクションができてしまったことは認めざるを得ない。

では、家を出よう。乗り物に乗ろう。

目次

のりものづくし

I

一九五一、帯広から上野まで

これまでずいぶんいろいろな乗り物に乗ってきた。

乗り物とはつまり移動の手段だから、あっちへ行ったりこっちへ行ったり、いつもうろついていたということだ。うろうろ人生。

その中で自分にとっていちばん重要な意味深い移動はどれだったかと考えてみた。たぶんそれは最初の最初の大移動、六歳の時に北海道の帯広から東京へ引っ越した時だと思う。一二〇〇キロの汽車の旅。あれのせいで動くことが癖になってしまった。

一九五一年の夏。

あれはどんな旅だったのか、前から気になっていたので調べてみた。

今ならばこの間は飛行機で一時間四十五分で行ける。仮に帯広駅を出て帯広空港に行き、羽田空港に飛んで上野駅に行ったとしてもトータルで四時間あまり。

だけど半世紀前に飛行機の便はなかった。汽車が唯一の交通機関だった。C62などの蒸気機関車が客車の列を牽いていた（SLという言葉はまだなかった）。

今、汽車を使うとどうなるか。帯広から特急「スーパーとかち」、「スーパー北斗」、「スーパー白鳥」を乗り継いで新幹線の「はやて」に乗ると十一時間十四分で上野に着ける。しかし、よほどの飛行機恐怖症でもなければこのルートは使わないだろう。

みんなが憧れる寝台特急「カシオペア」を使ってぐっすり眠って行くことにすると（途中の南千歳までは特急「スーパーとかち」）、上野まで十九時間五十一分かかる。

ちなみに乗り継ぎで行けば運賃は二万六千三百二十円。寝台特急カシオペアは一人部屋で六万千六百二十円だから飛行機より高い。


図書館に行って昔の鉄道時刻表を開いてみた。それでようやく六歳の自分が辿った道のりがわかった。この先はとてもローカルでとても個人的な話になる。大人がみんな眠っている薄暗い客車の中で、なぜかすっかり目が冴えてしまって、冷たい窓ガラスに額を押し当てて外の飛び行く夜の景色を必死で見ていた子供の話だ。まるでひとりぼっちの『銀河鉄道の夜』。

あの頃は汽車そのものが憧れの対象だった。

他に何もないことを想像してほしい。ポケモンもスーパーマリオもガンダムもレゴもなかった。アイドルもいなかったし、プロ野球も遠い存在だった。六歳の子供はいつもそのあたりに転がっているもので遊んでいた。

知っているものの中でいちばん崇拝したのが汽車だった。日常の中にあって唯一非日常につながっている偉大なもの。

最初に間近で見たのは誰かが来るのを出迎えに駅に行った時だった。一緒に行った叔母か祖母の手をむりやり引っ張って一番前まで行って機関車を見る。大きくて、黒くて、熱気を放っている。煙突からは煙。時々シリンダーのあたりからは白い湯気。

それが自ら動いて遥か遠くまで行く。自分がいる町とは別のところまで線路が続いているというのが信じがたいことだった。ぼくは自分の位置と他の場所を相対化するという地理の原理を悟った。我が世界観の第一歩だった。

そのくらいは知恵がついた年頃のある夏の晩、二十三時五十六分にぼくは帯広駅から急行「まりも」に乗った。その時に家から駅まで乗ったハイヤーが生まれて初めての自動車だったが、これは印象が薄い。

今は石勝線があるから帯広から札幌方面へ向かうには西へ走って新夕張の方へ出るが、当時は北西の狩勝峠から富良野を経て滝川を経由するコースだった。その先も苫小牧・登別は通らず、小樽から倶知安《くっちゃん》・長万部《おしゃまんべ》に向かう。

小樽に着くのが翌朝の八時四十六分。函館着は十四時十八分だから、北海道内の移動だけで十四時間以上かかっている。

十四時五十分発の青函連絡船に乗って、十九時三十分に青森に到着。二十時三十五分発の急行「北斗」に乗り換えて、これが上野に着くのは翌日の十一時十五分。

つまり帯広を出て上野に着くまでに三十五時間四十一分かかる（ぼくは一昨年、日本からいちばん遠いブエノスアイレスまで飛行機で行ったが、それだって三十三時間で着いた。東京は地球の反対側より遠かったのだ）。

汽車への憧れは機関車だけでなく、鉄道に関わるすべてのものへの憧れだった。だから、例えば線路脇に立つ背の低い転轍機標識の形を今でも詳細な図が描けるくらいに覚えている。工学への関心はこの時に始まった。

　この時の運賃は千二百七十円で、急行料金が五百円。ぼくは小児だったからこの半額。

　時刻表の前の方に「旅のエチケット」が書いてある。

「乗降　我勝ちは却つて乗車がおくれ、怪我の因にもなります。スリが活躍するのもこの時です」という整列乗車の勧めは当然だが、座席指定の制度がなかった頃、長い旅路で坐れるか否かは大きな違いだった。

「座席　窓から荷物を入れて席をとることはおやめ下さい。ほかのお客様に対していけないばかりでなく、荷物を持つて行かれた実例が度々あります」とあるのも同じ理由。

　一九五一年はもう戦後の混乱も収まって、世の中は穏やかになっていた。汽車の運行も安定していた。だから子供はこの旅の三十六時間の間、自分が汽車に乗っているという思いに身を委ね、陶然と夢見心地でいられたのだ。

　＊追記　この文を書いたのは二〇一〇年。その後汽車のダイヤなどはだいぶ変わったが、そのままにしておく。

新幹線とTGV

子供の頃は汽車が大好きだったが、だからと言って今のぼくが鉄道ファンであるわけではない。乗り鉄でも撮り鉄でもない。ただ普通に利用するだけ。

新幹線はたしかに便利だ。

国内を動く時、東京起点で五〇〇キロまでならばだいたい新幹線を使う。それ以上になると飛行機というのが基本方針か。

この二つを比べてみれば、新幹線は――

①座席の間が広くて足を伸ばせ、頭上の空間もひろびろしている。

②シートベルトの拘束感がない。

③食べ物と飲み物を頻繁に売りにくる。

④ケータイが使える。

⑤景色が見える。

などの利点がある一方で——

⑥トランクなどの大きな荷物を預かってもらえない。

という欠点もある。

この⑤については、東海道新幹線の車窓などぐちゃぐちゃの市街地ばかりで、およそ見るほどの景色もないとも言える。「今は山中、今は浜……」の時代ではないのだ。

昔々、三十五年前、新横浜の近くに住んでいた。

すぐ近くを東海道新幹線が走っていて、その勇姿は毎日のように見ていた。

三歳の娘の保育園への往復のたびに、道の横の高架をあの白い長いのがヒューッと走ってゆく。

「あれ何？」と娘が聞いた。

「新幹線。とっても速い電車だ」

「乗りたい」と娘はつぶやいた。

さしあたって京大阪に用事はない。あっても子供連れではいかない。したがって無視しておいた。

ある時、東京の親の家に娘を預けて引き取りに行った帰り、今なら新幹線が使えると気づいた。

「新幹線、乗せてあげるよ」と恩着せがましく言って東京駅に向かう。新横浜まで最短ながら体験させてやれる。

危惧がなかったわけではない。速い乗り物は乗ってみるとだいたい速くない。いちばんいい例が飛行機で、時速九〇〇キロの体感はかけらもない。速度感が欲しければジェットコースターの方がずっと強烈。

それでもともかく二人分の切符を買って指定の席に着いた。昼過ぎの便だった。向かい側の席に女の人が坐っていて、走り出したとたんに駅弁を広げて食べ始めた。それは運の悪い偶然だったと思う。

「ほら、速いだろ！」と窓の外を指して言う親の声を完全に無視して娘はじっと向かいの人の弁当を見ている。最後まで遂に車窓には目を向けなかった。

十五分後、つまりその人が弁当を食べ終わると同時に、新幹線は新横浜駅に滑らかに到着した。

ぼくたちはホームで駅弁を買って、家に帰って二人で食べた。

この体験のせいか娘は鉄道には何の関心もない料理上手に育った。


と書いていて、自分でもちょっとおかしいなと思うのだ。

今の新幹線では乗客同士が対面することはない。前の客は前を向いている。終着駅に着いた客車の中では清掃の途中に座席の回転という儀式がある。一列おきに二段階を経てすべての座席が進行方向を向くべく自動的に厳かに回るのだ。グループの客が敢えて自分でぐるりと戻さないかぎり他人と顔を突き合わせることはない。あの頃はそんな仕掛けはなかったらしい。

察するに、進行方向を向いていないとなんとなく落ち着かないと乗客が言った。それに対する細やかな心配りですべての座席は回転するようになった。

そんなのどうでもいいことじゃないか、とぼくがひねくれた思いを抱くのは、フランスから始まったヨーロッパの高速鉄道ＴＧＶを知っているからだ。

この二つを比べると、快適ということに対する日本人とヨーロッパ人の考えかたの違いがよくわかる。

TGVでは——

①座席は回転しない。対面の席とそうでない席があって、客の半分は進行方向に背を向けることになる。

②車内販売は来ない。二階建て車両が多いから無理なのだが、その代わりに車内売店がある。ただし、しばしば品切れになる。

③英仏海峡の下をくぐる「ユーロスター」などでは豪華な昼食が（予約すれば）出る。

④大きなトランクやスーツケースを持ち込んでもそれを置くスペースは席の近くに用意してある。飛行機と同じように乗車前に預けるシステムになっているのもある（「ユーロスター」など）。

⑤国境を越えるという新幹線ではあり得ない体験も可能。ぼくはアムステルダムからフランス東部のナンシーまで「タリス」という呼称のTGVに乗って嬉しい思いをした。そのまま乗っていればドイツのケルンまで行けたはずだ。

⑥日本の新幹線とのいちばん大きな違いは、走れば速いのにどこかのんびりしてい

るということだ。東京駅や新大阪駅では三分ごとに発着があるが、パリのリヨン駅では一時間おきくらいか。ただしパリでは行く先の方向ごとに出発駅が異なるから一律に比較はできないが、それにしてもあの切迫感はない。

ＴＧＶ、また乗りたいな。

モーニング・ティーは何時にいたしましょう?

二十世紀になってアメリカ人は行く先々に車と高速道路とコカ・コーラを持ち込んだが、十九世紀にイギリス人が世界中の植民地に持ち込んだのは汽車とお茶だった。カナダにも、インドにも、マレー半島にも、オーストラリアにも、ケニヤにも、彼らはまず鉄道を敷いた。

植民地ではないが勢力圏だったエジプトでも、ナイル川に沿って汽車を走らせた。川の水運は大量のものを運べるがしかし遅い。それに比べると汽車は速い。

一九七八年の一月のある日、ぼくはカイロの中央駅で朝の七時に汽車に乗り、その日の夜の十一時にはいちばん南のアスワンに着いていた。この間は川に沿って一〇〇〇キロ近くある。十六時間で走破したのだから平均時速は六〇キロほどだ。

新幹線などと比べてはいけない。船ならば数日かかるところをその日のうちに行けたのだ。しかも沿線の景色を堪能できるくらいの、言ってみれば人間の生理に合った速度である。

七時に列車が走り始めて間もなく、ボーイがお茶を持ってきた。モーニング・ティーはまことイギリス的な習慣で、鉄道がイギリスの文化であることをぼくは再確認した。

そこでその数年前にインドで乗った汽車のことを思い出した。

インドに行こうと思い立って、まずはじめにしたのは東京のインド政府観光局でパンフレットを貰うことだった。インターネットは言うまでもなく『地球の歩き方』もなかった頃だ。

パンフレットにはインド国内を移動するには汽車がいちばんと書いてあった。インドでは鉄道が四通八達し、その線路の上を快適な車両が走り回っている。速くて、贅沢で、安全。これに乗らない理由はない、と言わんばかり。

しかし、観光局は、海外から列車の予約はできないと言う。現地で駅に行けば簡単だからと聞かされて旅立った。

飛行機でボンベイ（今のムンバイ）に降り立った翌日、真っ先に中央駅出札口に行った。数日後のマドラス特急という列車の席を予約したいと言うと、それはもう売り切れていた。

ではその翌日は？

その日もない。実のところ、この先二週間は切符がない。

それはおかしいではないか。政府観光局は是非とも汽車に乗れと言う。海外では予約できない。現地に来ればもう売り切れている。インドの鉄道に憧れる旅行者はどうすればいいのだ？

そういう屁理屈を窓口で並べてみた。

では、郵便特急に乗りなさい、と出札係は言った。午後十時の出発だが、とても快適。

無事に予約を済ませ、その後の数日この大都会の強い香気に包まれて過ごして、当日、駅に行った。何で手間取ったのか、ちょっと遅くなって駅に着いたのは午後九時五十分だった。

大きな荷物を持ってプラットホームに行くと、列車は既に入線している。ホームに入ったところが列車の最後尾で、遥か彼方に先頭車両がある。

予約にはコンパートメントの指定まで入っていたから、まず自分の車両を見つけなければならないのだが、これが大変。薄暗い照明の夜のホームに人が溢れていたのだ。列車はそこにあるのだから乗るべき人はもう乗り込んだはずなのに、それでもホームは人と荷物で埋め尽くされている。隙間を縫うようにして自分の荷物を持って前へ進む。目指す車両はなかなかない。

とうとう先頭まで行ってしまったがぼくのコンパートメントはなかった。

うろうろしていると、親切そうな男が「どうしたのだ？」と聞いてくれた。

自分の席がないと話して、ちょっと警戒しながら、切符を見せた。

「ああ、これはいちばん後ろだ」

またこの雑踏の中を戻るのか。

実際、インドではどんなところにでも人がいた。南回りの便で着いた空港に、この時も深夜だったのに、芝生の上に無数の人がいた。何をしているのでもなく、ただいるのだ。

ホーム最後尾まで戻るのはやってやれなくはない。問題は出発時刻が迫っていることだ。うろうろしているうちに走り出したらどうしよう？

けっこう必死になって人と荷物をかきわけるようにしていちばん後ろまで行くと、ありがたや、自分のコンパートメントがあった。

息を切らして乗り込んで、安堵のため息。

列車が走り出したのは二十分後だった。

走り出して十五分ほどすると、ボーイがドアをノックした。

「明朝のモーニング・ティーは何時にいたしましょう？」

ああ、なんとイギリス的な！　と、緊張の後の安心感も手伝って、感動した。

お茶を七時に頼み、朝食を八時に頼んだ。

そうやって朝食は車内で済ませるのだが、昼食のためには駅で一時間の停車がある。ホームにレストランが二つあって、一方は菜食専用、もう一つは普通の料理。インドにいる間ずっと両方を食べ比べたけれど、どうも菜食の方がおいしいような気がした。

ぼくがイギリス本土に行ったのはずっと後のことだ。それまでに行く先々で彼らの文化に接していたと思う。その典型が鉄道の旅とモーニング・ティーだった。もう一つ付け加えれば、植物園。

これが十九世紀イギリス文化の三点セットである。

沙漠の鉄路

汽車というものに乗らなくなってから久しい。

理由は簡単で、汽車がなくなってしまったからだ。

蒸気機関車が牽くのだけが汽車だとまでは言わないが、少なくとも新幹線はぼくにいわせれば汽車ではない。最近はその新幹線にもあまり乗らず、国内の移動にも飛行機を使うことの方がずっと多い。

汽車か否か、どこで区別するかと考えてみると、蒸気であれ電気であれ、先頭に機関車が着いているのが汽車だとすると自分の気持ちにしっくりくる。電車方式、すなわち二、三台の車両ごとに電動機があるのではダメなのだ。

更にわがままを言うならば、ＤＤ51などのディーゼル機関車も認めがたいと思ってきた。ローカル線のディーゼル二両編成など実際は鉄軌道の上を走るバスでしかない。

しかし、その機関車にも疎くなった。蒸気ならばC62には詳しかった。もう少し小さいのならばC11。電気ならばEF58をよく知っている。その後に登場した一台二連のEH10は貨物専用だっただろうか。交流方式になってからは型式も覚えなくなった。

もう一つの区分は、ホームから乗り込む時に目の前にあるドアが自動であるか否かという点だ。客車の扉のラッチがガチッと閉まる、あの硬質の木材と真鍮金具の音の印象が汽車という言葉と強く結びついている。

とわがままを言った上で冷静になって考えてみると、汽車というとすべてがノスタルジアの靄に包まれている風であって、どこまでが本当に自分の記憶なのかわからない。ぼくの汽車は今も一九五〇年代はじめの北海道を走っている。夕方暗くなるころに停車した駅で、客車の上を駅員が歩いて屋根の上げ蓋を開けて客室内にランプを入れていった。それが自分の記憶なのか、どこか本で読んだり映画などで見たものなのか、そこが定かでない。

東海道線に電車方式の「特急こだま」が走ったのが一九五八年十一月一日。ぼくは中学一年生だった。中学校の放送局員として開通の日の午後の便に乗って、車内で当時の十河《そごう》国鉄総裁にインタビューしたのだから、この記憶に間違いはない。あれは大阪まで六時間五十分かかっていた。

高校生になって北海道に帰った時は東北本線は「はつかり」、青函連絡船を経て道内は「おおぞら」になっていた。幹線はみんな電車化されていたということだ。

たまたま手元に一九八六年十一月の時刻表がある。根室本線のページを開いてみると、五十三編成の中で列車番号の末尾にMやDのついていないもの、つまりぼくが汽車と認める機関車に牽引された列車は、札幌発石勝線経由の急行「まりも」しかない。これが三十年以上前のことだから、今はどうなっているのか、時刻表を見る気にもなれない。

では、ぼくが最後に乗った由緒正しい「汽車」はどれだっただろう？　これははっきりしている。一九七八年の二月。場所はアフリカ。

あの年、ぼくはできるかぎり地上の交通機関によってナイル河を地中海から源流近くまで溯行するという旅をしていた。河口の町ドゥムヤートに行ってカイロに戻り、あらためて汽車で南下、エジプトとスーダンの国境に近いアスワンまで行く。この間はルクソールやカルナックなど大きな遺跡があるので観光客もよく使う路線だ。途中下車しなければ早朝にカイロを出て深夜にアスワンに着ける。旅のはじめで余裕があったので、ちょっと奮って一等車に乗った。乗客の注文に応じてボーイがお茶も食事も席まで運んでくれるあたりのサービスのよさはインドの汽車と変わらない。前述のように鉄道先進国イギリスの文化を継承していたのだろう。

アスワンにはエレファンティン島など古代エジプト文明の遺跡があるので、二、三日遊んだ。

この町から少し南、有名なアスワン・ハイ・ダムの上流側へは軽便鉄道が通じている。そこまで行って連絡船に乗り換え、ダムが作った広大なナセル湖を縦断する。船は正午ごろ出て、翌々日の昼に到着したと思う。船の上ではエジプト人の友人からひねりの利いたエジプト式のジョークをいくつも伝授された。途中にはダムでの水没を避けるために丘の上へ移築されたアブ・シンベルの神殿があるのだが、残念ながら船がそこを通ったのは夜中で何も見えなかった。

ナセル湖の途中でスーダンとの国境を越える。だからスーダン側の港であるワディ・ハルファに着いたところで旅券審査があって、それを終えないと船から降ろしてもらえない。乗客はぼくのようなバックパッカーと、あとはハイ・ダムの余剰電力で生産するアルミで作った鍋などをスーダンに運んで売る行商人だった。

この先は汽車だ。スーダンはエジプトのように観光で稼いではいなかったから、汽車は質実剛健たらざるを得ない。

まず、駅が遠い。この汽車に乗る乗客は一人残らずエジプトから船で着くのだから、港と駅は隣接していて当然なのに、実際には二キロほど離れている。ハイ・ダムが貯める水がどこまで来るかわからなかったから念のために駅を遠くに造ったのだろうか。

ともかく二キロの距離。その間をジープのような車で運んでくれるサービスもある。たいした料金ではないけれど、ヌビア沙漠を徒歩で踏破するせっかくの機会なのだと思って歩くことにした。実際には沙漠の向こうに駅舎が見え、それに重なって汽車のシルエットも見えている。先頭には蒸気機関車が頼もしげに連結されていた。

船が正午ごろ港に着いて、すべての乗客が客車の中に収まって汽車が出発したのは夜も暗くなってからだった。線路はずっと沙漠の中に伸びている。首都のハルトゥームまでは八〇〇キロほどだったか。まる一日以上かかって、首都に着いたのは翌日の深夜だった。平均時速三〇キロ以下。

ナイル河に沿った旅路を目したのだが、この間だけは線路と河が離れた。河の方は西に蛇行した後アトバラの方を通るが、線路は沙漠をまっすぐ走る。持参したミシュランの地図で見ると沙漠の中をひたすらまっすぐ線路が伸びており、「#5ステーション」とか「飲める水」とか書いてあるばかり。町や村の記号はない。それでもプラットホームのない駅に停まると、どこからか人がやってくる。小さな子供がゆで玉子を売りにくる。この人たちはどこに住んでいるのだろうと思った。

それでもその時は定刻からせいぜい十時間遅れで着いたからまだいいのだ。砂嵐になると線路が砂に埋もれる。人が機関車の前を歩きながら線路を掘り出さなければならないので、二倍も三倍も時間がかかるという。とても喉が渇くという現地の人の体験談に実感があった。

この汽車には一等も二等もなかった。夜になると乗客は座席に横になったり、床に寝袋を敷いて寝たり、網棚の上で寝たりしていた。汽車の中の眠りというのは特別なもので、線路からの振動のおかげか、不自然な姿勢でもよく眠れる気がする。

しかし起きた時が大変。誰もかれも砂まみれなのだ。身体の上にうっすら砂が降り積もっている。あるいは薄い砂の膜で覆われている。これを車内で払ったのでは、砂埃が舞い上がってまた沈下するだけで、お互い迷惑するばかり。それは車内がもうもうとするから経験的にすぐわかった。次の駅に停まるのを待って、そっと車外に出て、風の中でばんばん盛大に払う。口の中がざらざらするのを駅頭の水道の水ですすぐ。もうプラスチックの容器が普及していたころだったから、それぞれ飲み水は充分に持っていたと思う。飢えの方はエジプトから持ってきたエイシュという薄いパンをゆっくりと噛んでしのぐ。

それでも終着駅までの三十時間は長かった。旅客どうしで、本当はハルトゥームという都は存在しないのではないかと幻想を論じ合ったほどだ。

ハルトゥームにしばらく滞在した後、数百キロ先のコスティという町まで汽車で行き、その南はもう鉄路はないのでナイル河を上る連絡船で二週間の旅をしてウガンダに近いジュバまで行った。

スーダン国有鉄道が運営するこの連絡船は時刻表の上では十一日の行程で、ぼくの場合は三日の延着で済んだけれど、最長記録は二十一日だったという。シベリア鉄道以上の、たぶん世界で最も悠長な国営交通機関の旅なのだ。

その後ぼくはジュバからナイロビまでは陸路という基本方針に反して飛行機で飛んだ（ウガンダの大統領は悪名たかきイディ・アミン・ダダだったから入国は生命に関わる危険を伴った）。ナイロビからヴィクトリア湖へバスで行って源流に再接近したことにして、その後はセイシェル経由で日本に戻った。

アフリカ大陸のほぼ北半分を縦断したわけで、残りの半分をいつか踏破しようと思っていたけれど、その機会はなかった。当時はダル・エス・サラームからケープタウンまで、タンザム鉄道を利用し、ヴィクトリア瀑布の近くを経て南アフリカまで鉄路で行けたのだ。噂によれば今は運行していないらしい。

その後、スーダンは内戦が激しくなって、ジュバには誰も行けなくなった。振り返れば道はどれも閉ざされている。

すべての汽車は過去の中へ消えてゆく。そういうものらしい。だからぼくは一九七〇年代になってから、自分が汽車と信じる乗り物に乗るためにアフリカまで行かなければならなかった。

ぼくにとって最後の汽車はスーダンのあの三十時間の旅だった。

地下鉄漫談

六十年くらい前に疑問に思ったことの答えが先日ようやくわかった。

ぼくは小学生で、東京の世田谷に住んでいた。

ある時、母親と一緒に渋谷に行って東横デパートの窓からたまたま外を見た。たぶん六階か七階だったと思う。

そこでぼくはとんでもないものを見つけて興奮した。見たこともない黄土色の電車がトンネルから出てきて自分が今いるデパートの建物の中に入ったのだ。

渋谷駅の電車はひととおり知っているつもりだった。路面電車の玉電（東急玉川線）は、なにしろ三軒茶屋からそれに乗って渋谷まで来たのだから途中の駅名まで覚えていた。

国鉄の山手線も乗ったことがある。ＪＲ以前だから国鉄で、人によってはまだ省線と呼んでいた。ハラスク、シブチャ、エビ、マグロ、ゴハンダ、オサケ、シナギレ……これは原宿から品川までの駅名のもじり。

東急東横線も知っていた。

だけどもう一つ、玉電の反対側に電車の路線があるのは知らなかった。

「何、あれ?」とぼくは母親に聞いた。

「地下鉄よ」

そういう乗り物があることは聞いていた。ぜんぶトンネルという変な電車。

「でも地下じゃないじゃない! どうして?」

「そうなってるの」と母親は面倒くさそうに言った。疑問は疑問のまま残った。

それから二年もするとぼくは一人でその地下鉄に乗るようになった。秋葉原に交通博物館があったのだ。そこにしげしげと通った少年が歳を取ると「のりものづくし」などという文章を書くようになる。

あの頃、銀座線という名前はあっただろうか? 丸ノ内線の一部開通が一九五四年で、それ以前には他に地下鉄はなかったのだから区別の必要もなかったのではないか。

先日、渋谷駅の大改造についての本を読んでいて、なぜあの地下鉄がデパートの三階に終着駅を持っているかがようやくわかった。

キーワードは、地形である。

渋谷は谷間にあって、この谷は山手線に平行に南北に伸びている。今、駅のあたりでは暗渠《あんきょ》になって見えないが渋谷川という川が流れている。谷であることは西から行けば道玄坂、東からだと宮益坂とどちらからも下り坂になっていることでわかる。

さて、青山の方から来た地下鉄はそのままだと宮益坂に沿って深く深く潜らなければならない。昔の電車は非力だったから渋谷駅を出発した時にそんな急な傾斜は登れない。そこでトンネルを出たところから陸橋で水平に伸ばしてビルの三階を駅にしたというわけ。


地下を走っている電車がいきなり日の光のもとに出るのはちょっとしたドラマだ。銀座線ならば渋谷駅。丸ノ内線だと御茶ノ水駅で神田川を渡る部分と四ツ谷駅。四ッ谷もその名のとおり谷だからあの形になったのだろう。初期に造られた地下鉄は道路を掘る方式だったから浅いところにあって乗り降りが楽だ。最近のはいや深くて深くて……

丸ノ内線の車内で通学の小学生が友だちにクイズを出しているのを立ち聞きしたことがある——

「赤坂見附でしょ、それから四谷見附でしょ、その次は？」

「わかんない」

「おみおつけ」

思わず笑ってしまった。

地下鉄が橋を渡るというと、パリにもそういう個所がある。六号線のビル・アキムとパッシーの間。ここはセーヌ川を越えるのだから景色がすばらしい。左岸から右岸に向かう時に右側の車窓を見ればエッフェル塔とトロカデロが視野の左右に向かい合う。

パリの地下鉄で世界一周ができるというジョークがある。駅名に遠い地名が多いのだ（カッコ内に書いたのは路線番号。複数あるのは乗換駅だから）——

スターリングラード　（2、5、7）
ダニューブ　（7b）
セバストポール　（3、4）
ピラミッド　（7、14）
ヨーロッパ　（3）
ピレネー　（11）
クリミア　（7）

スターリングラードなんてもう本国であるロシアにもなくなってしまった地名である。

パリの地下鉄は駅のホームの広告が美しい。ポスターの一枚ずつがものすごく大きいし、デザインがなんとも見事。たぶん厳しい審査があるのだろう。乗換の通路で演奏しているミュージシャンだって審査を経ないと許可が下りないのだから。

ロンドンの地下鉄も話題にしよう。

最初に行った時だから一九九〇年代の始めだったと思う。やはり大きなポスターを見て感心したのだ。宣伝の対象はエヴィアン。絵柄はアルプスの山だけだった。「一九六五年」とコピーは始まり、「ビートルズは『ヘルプ！』と『デイ・トリッパー』をリリースした」という具合に、この年に起こった出来事を羅列する。ああ、そうだったなと思いながら読んでゆくと、最後が「今年のエヴィアンになる雪がアルプスに降った」。

市電の四通八達

最近、市電に乗りました？

はい、と手を挙げる人はたぶん少ない。

今の日本で市電はさほど普及している乗り物とは言えないのだ。


スイスのチューリッヒでは徹底的に市電を乗り回した。

普通、バスや市電は旅行者にとってあまり使いやすい交通手段ではない。どれに乗るかという路線の選択の問題、どこで降りるかという駅名の確認、その前に切符はどうやって買うのか……いろいろ不安が付きまとう。

チューリッヒで幸運だったのは、泊まった宿と中央駅が歩いても行けるほど近く、その道に沿って市電が走っていることだった。最初はスマートな市電を横目で見ながら歩いて行って、次に乗ってみた。

停留所に切符の自動販売機がある。いろいろな切符があるらしいが、すぐ近くまでだからいちばん安いのを買う。

乗る時も降りる時も切符のチェックはない。これは予想したところだ。しばらく前、ぼくはフランスでパリから電車で小一時間の町に住んでいたが、この電車は改札も集札もなかった。駅には切符に乗車時間を刻印する機械があるだけ。

ごくたまに車内で検札係が来る。刻印した切符を持っていないと規定料金の何倍かを払う。それだって不正乗車を摘発するという居丈高な感じではなく、不運な乗客は淡々と払い、相手は淡々と受け取る。鉄道の側はトータルで帳尻が合えばいいと思っているようだ。

で、チューリッヒの市電の話。

ともかく使いやすい。まさに四通八達。

まず車体が道路からすっと乗れるほど床が低い。

頻繁に走っていて待たずに乗れる。停留所には次の電車の到来を表示するディスプレイがあって、あと五分、三分、一分と教えてくれる。

車内にはまた次に停まる駅の名と、そこで乗り換えられる路線の番号を表示するディスプレイがある。

便数が多いから車内は空いている。これはチューリッヒという都市のサイズとも関わるだろう。人口が四十万に満たないから余裕があるのかもしれないが、しかし小さな町にこれだけの路線を敷いたのも一つの努力だ。

何度か乗るうちにおもしろくなってきて、最後の日にターゲスカルテ（一日乗車券）を買った。八・二スイスフランだったからまあ数百円というところ。

これで天下無敵という気分になって、何時間か自分で作る市内ツアーを実行した。つまり、来た電車に乗って行けるところまで行き、そこで乗り換えてまた別の方に行き……というのを繰り返したのだ。

これでチューリッヒという町の地理がよくわかった。ぼくが泊まったあたりは旧市街だ。リマート川を挟んだ向こう側はモダンな街並みで、ブランドの店や銀行や時計店が居並ぶ。時計屋が多いところはやっぱりスイスだと思った。

川にそって少し下るとチューリッヒ湖がある。川幅が広がって湖になっている。湖面の向こうに住宅街が小さく見える。

うっかりするとこのあたりを見ただけでチューリッヒという町を見たつもりになるが、でもそれだけではないのだ。

ある路線に乗ってしばらく行くと、明らかにトルコ人の多い地区に出た。ヨーロッパもドイツ語圏にはトルコからの移民や出稼ぎの人が多い。ここも例外ではなくて、電車に乗ってくる人たちの顔がトルコ風になり、車窓から見る店の看板にもトルコ語が増える（上に点のないıの字が混じるからすぐわかる）。簡便な食堂がケバブを売り物にしている。

いきなりたくさんの人が乗ってきて車内いっぱいに溢れたかと思うと三、四駅の間にみんないなくなる。市電が生活の足だということがよくわかる。

市電にまつわる思い出はいろいろある。

生まれ育った帯広に市電はなかったが、時々行った札幌にはあった。いつも泊まる親戚の家が市電の通りに面していた。食事をしている時に電車が来ると茶碗とお箸を放り出して窓際に行って電車を見た。四歳くらいだったはずだが、あんな風に何かに夢中になったことはその後の人生にも多くなかったと思う。

一度などは花電車を見た。お祭りなどの時、車体ぜんたいに飾りを付けて、ただ沿道の人々に見せるためだけに走る特別の電車。これまた夢中で見たのだが、あのアイディアはいつどこで誰が考えついたのだろう。

小学生になって東京に移り、世田谷に住んだ。玉電という路面電車があって、乗ったのはもちろん、時には悪いこともした。五寸釘を手に入れて、それを玉電のレールの上に置いて物陰から見ている。電車が来て、釘を踏んで、なにごともなく通り過ぎる。

五寸釘はぺたんと平たくなっている。それを家に持ち帰って鑢《やすり》で削って手裏剣に仕立てる。電車に踏まれたばかりの釘はとても熱くなっていて素手では触れなかった(ほぼ六十年前だから、この罪はもう時効ですよね)。

今ぼくは札幌に住んでいる。市電は一路線あるがとても使いにくい。一キロ二キロの移動に地下鉄は乗り降りが煩わしい。バスも使い勝手がいいとは言えない。中心部だけでもチューリッヒ並の市電ネットワークがあるといいなと思う。

＊追記　札幌の市電は先年ようやく環状になって、つまりU字型からO字型（正確に言うとQに近い）になって、だいぶ使いやすくなった。

チューブ、タクシー、ダブルデッカー

ロンドンに来ている。

この町に来て思うのは、少なくとも交通機関の分野においてイギリス人はまこと創意工夫に富んでいたということだ。

地下鉄を発明したのはイギリス人だし、あのユニークなタクシー用の車両は段違いに優れている。そして赤い二階建てのバス！

そういうことが気になったので、ラッセル・ストリートにある交通博物館に行ってみた。この魅力あふれる大都会に来て最初に訪れる先が交通博物館というのはいささか子供っぽいと自分でも思った。実際、行ってみると館内は夏休みの子供で沸き立っていた。

格別に賑やかなのは今年が地下鉄開通百五十周年という節目の年だかららしい。すなわちロンドンの地下鉄は一八六三年に初めて走ったのだ。本邦でいえば高杉晋作が奇兵隊を結成した年だ。

最初の地下鉄は、なんと驚いたことに電車ではなく蒸気機関車が牽引していた。当然のことに煙が充満するし木造の駅で小火《ぼや》は起こるし、問題は少なくなかった。それで電気が実用化するとすぐに電車に置き換えられた。

本当に新しいことは後になると当たり前に思える。都市の地下にトンネルを掘って列車を走らせるというアイディアは思えば相当な常識転換を要する。それを受け入れるだけの勢いが社会の側にあった。正にイギリスの隆盛期だったのだろう。

ロンドンの地下鉄は小さい。

トンネルの直径が三・五六メートルしかないから車両もなで肩で、通路が狭くて前に坐った人と握手ができそう。当時はまだ大口径のトンネルを掘る技術がなかったことの名残なのだ。

ロンドン子は地下鉄を the Tube と呼ぶ。正式の呼称は the Underground で、Subway とも Metro とも言わない。

郊外に出ると地上を走る。ピカデリー線に乗ると遠くヒースロー空港まで行ける。
ぼくはこの路線の体験をもとに自分でもちょっといいと思う詩を書いた——

ロンドン

ぼくがホルボーンから乗った地下鉄に
きみはナイツブリッジから乗ってきた

整ったきみの顔は
色白の頬に赤みが差して
薔薇色に上気して見えた
典型的なイングランドの顔
髪は枯れ草の色

ぼくが惹かれたのはきみの表情だ

ものうげで　少し疲れて
しかし　世間が自分のところに寄ってくるのを
視線ひとつで軽く押しとどめている
まったく媚態を含まない驕慢

三十分後にきみは
ハウンズロウで降りていった
ぼくが降りる駅はもっと先だった

話題を変えよう。

イギリス人の優れた発明で他の国が採用できなかったものにあのタクシーがある。知らない人には伝えにくいのだが、ともかく徹底的に計算されたタクシー専用車。まず大きい。運転席と客席は分離され、客席には五人がゆったり背筋を伸ばして乗れて（天井が高いのはかつて男たちが山高帽をかぶっても坐れるようにとの配慮とか)、その足下に厖大な量の荷が積める。大きなトランク三個、あるいはゴルフバッグ数個、あるいは……。それで足りなければ助手席にあたる部分も使える。

運転手は道路を熟知し、住所を言えばそこへ間違いなく行ってくれる。住所といってもストリートの名と番地だけ。これはタクシーの手柄ではなく住居表示システムの合理性の故だけれども。

更に、あの大きな車が広くもない道でくるりとUターンする。全長四・五八メートルで最小回転半径が三・八メートル。ちなみにほぼ同じ長さのプリウスではこれが五・一メートルだ。

つまりイギリス人はタクシーという用途に最もふさわしい車を作ろうとしてそれに成功したのだ。他の国はどこも一般車を流用したに過ぎないから、はっきり言ってとても使いにくい。


交通博物館の発見の一つがダブルデッカーすなわち二階建てバスの由来だった。

あのバスの二階の席は楽しい。

近い距離だからすぐに降りるとわかっていてもついつい上まで行ってしまう。あの高さから市街を見るという体験はダブルデッカーでしかできないのだ。

ずっと疑問に思っていたのは、バスを二階建てにするというとんでもないアイディアがどうして湧いたか、ということだった。

知ってみれば何ということはない、バスの前身の鉄道馬車がすでに二階建てだったのだ。急速に成長する大都市で交通機関の拡充は遅れ、苦肉の策としてダブルデッカーの馬車が作られた。

交通全般において近代イギリス人は他に先んじていたということだろう。

交差点、ロータリー、制限速度

世界に道が一本しかなかったら運転は楽だと思う。

気をつけなければいけないのは対向車だけ。


アメリカ西部の荒野に、一本の道の左右に家が数軒というとても小さな集落があった。その家の前でロッキング・チェアに坐って老人が一人、日がな一日のんびりとタバコを吸っている。

午前中に車が一台、西から東へ通りすぎた。

午後、今度は別の車が東から西へ通った。

「やれやれ、近頃は車が増えてうるさくなったなあ」

今、ぼくは札幌に住んでいる。

ご存じの方もいらっしゃるかと思うが札幌をはじめ北海道の都市の多くでは道路は格子状に造られ、交差点はみな直交している。たぶんアメリカの都市計画を真似たのだと思う。

住所は例えば「北十二条西八丁目」という具合に数字だけだから、とてもわかりやすい。どこをどう曲がっても目的地に着ける。

そして道幅が広い。これもアメリカにならって馬車と馬橇《ばそり》が行き交う道として設計されたのだろう。広い何もないところにいきなり作った町だからこういうことができた。ヨーロッパや内地（日本の北海道と沖縄以外の地域のことです）のように長い歴史があっては無理だ。

道が広いと、雪がたくさん降って除雪が間に合わない時に一車線分に雪を積み上げることができる。北国の深夜はいつもどこかで雪を片付ける重機の音が聞こえている。

十勝型の交通事故という言葉がある。

我が故郷のあまりよろしくない側面であるが、半ばは伝説ではないかと思う。

十勝は広くて平らだ。そこに道路がひたすらまっすぐ伸びていて、時々ほかの道路と交差する。道の左右は一面の馬鈴薯畑か何かだから見通しはいい。

そこを気持ちよく走って行くと、やがて交差する道を右の方から車が来るのが見える。相手もこちらを視認しているはず。

お互い相手が止まるはずと思って走り続け、衝突する。ほんとかな。

さて、道路の設計や交通の方式は国ごと地方ごとに異なる。北海道の道が内地と違うことはここに述べたとおりだ。

しばらく前、ぼくはフランスに住んでいた。

移った当初はいろいろ戸惑うことが多かった。なるほどと感心することも少なくない。

制限速度が全体として日本よりは速い。

市内では時速三〇キロとか五〇キロ、狭いところでは一五キロだが、郊外に出ると片側一車線の対面交通で、もちろん中央分離帯もなくて、七〇キロか九〇キロ。最初は恐いがすぐに慣れる。

高速道路は、条件のいいところでは一三〇キロ。ドイツのアウトバーンのように無制限ではないけれどやっぱり速い。これも慣れる。

その代わり、五キロオーバーでも監視カメラで見つかれば罰金。

交差点で、信号機が進入する手前に設置してある。この方式だと、信号の真横で止まればいいのだから停止線が要らない。当然、運転席から見えるほど低い位置にある。日本に比べると信号機が少ない。一時停止と譲り合い、一台ずつ交互に進入で済むところには信号機を設置しない。

その横に歩行者用の信号がある。

ぼくが移り住んだ頃、おかしないたずらがはやっていた。歩行者信号のあの人の形のところにパンツをはかせるのだ。

ぴったりサイズのパンツ型のシールを誰かが作って配ったのか。けっこう高い位置にある信号機の前面に肩車とかで手を伸ばして貼ったのか。あの国の高校生がやりそうなこと。

町を出ると信号機はいよいよ少なくなる。

では、大きな道が交差するところはどうするかというと、そこはロータリーになっている（これはアメリカ語で、フランスではロン・ポアンと呼ぶし、イギリスではラウンド・アバウトという）。

知らない人に説明するのがなかなか困難な方式なのだが、その一点に集まる道はすべて小さな環状道路に流入する。

フランスは右側通行だから左ハンドルだ。あなたが運転しているとして、環状の道に斜めに入るところで一旦停止。左を見る。他の車が来なければ入って、半周したところで出ればもとの道を直進したことになる。

この方式がいいのは「＊」の形の交差点が造れること。ヨーロッパにはこれが多い。五叉路でも七叉路でも何の問題もない。環状道路の出口には行く先が書いてあるから迷うことはない。もしも出そこなっても、もう一周すればいいだけのこと。

そして、もちろん、信号機は要らない。

交通量が多い交差点には大きなロン・ポアンを造ればたくさんの車を捌ける。そして、大きな事故が起こらない。みんながぐるぐる回っているのだから、擦ることはあっても正面や側面の衝突はない。

欠点を述べれば、広い土地を必要とすることくらいか。

ロータリーで大事なのは、運転者自身が進入を決めなければならないことだと思う。これはさっきの町の中に信号機が少ないということにも通じる原理だけれど、機械仕掛けの信号機に機械的に従っていればいいわけではないのだ。

御殿場からの帰路

自分の人生における車ということを考えてみる。

ぼくは一九四五年の生まれで、子供のころは身辺に車はなかった。町を走るのはバスとトラック、僅かなタクシーと消防自動車。

かつてはほとんどの車が公用車・営業車だったから、区別するために自家用車という言葉が造られたのだ。自動車とはお金持ちが運転手を雇って乗るものだった。

その後、モータリゼーションが始まって日本はすっかり変わった。どうにもならない悪路が舗装され、高速道路が四通八達して、車の値段はどんどん下がり、性能はどんどん上がり、みんなが車を持つようになった。あっという間の大変化だ。

ぼく自身が日々の暮らしに車を使うようになったのはずいぶん遅い。免許を取ったのは三十四歳の時だった。貧乏生活が続いたし、三十歳になった時にいきなりギリシャに移住して三年近く暮らした。とても車を持つ余裕はなかった。車を買った理由はまこと現実的なもので、保育園の送り迎えだ。一〇万キロ走った車を知人から十万円で買ってなんとか乗りこなした。

軽井沢に住む恩義ある人のところに行こうとしたら、碓氷《うすい》峠の途中でクラッチが滑りはじめた。上り坂でアクセルを踏み込むと空回りする。なんとかだましだまし坂をのろのろ登って、そのまま修理工場に入れた。関越道ができる前の話だ。

今の日本ではクラッチのある車の方が珍しいが、ぼくはあれが好きだ。ちゃんと自分が運転している気がする。ヨーロッパでは今もってマニュアル・シフトの方が主流だから、二〇〇四年にフランスに移住した時は迷わずそちらを買って、五年間、楽しくフランス国内を走り回った。イタリアでもフィンランドでもスイスでもレンタカーはマニュアルを選んだ。こう書いているだけで左脚がうずうずしてくる。

八〇年代に乗っていたのはドイツ製の某大衆車。中古を五十万円で買って、ずいぶん気に入って乗り回した。これもクラッチ車で、それゆえにおかしな体験をしたことがあった。早い話が、こいつ、とんでもない故障をしたのだ。

もう知らない人もいるだろうから説明すると、ギヤは前進四速で、ローとセカンドはシフトレバーを前後に動かして替え、サードとトップも同じだが、セカンドからサードにするには右への横方向の動きが入る。Hという字の形の左下から右上へレバーを動かす。

ある時、走っている途中でその横方向のリンクが折れた。停止状態から発進しようとしてもギヤはサードにしか入らない。サードとトップ以外の選択肢がない。サード発進でエンストさせないためにはクラッチの踏み加減は繊細にして微妙を求められる。それでも上り坂でさえなければできないことではなく、都内でなじみの修理工場まで一〇キロほどをなんとか走り切った。赤信号のたびにひやひや。

この車は電気系統が弱いことでも有名で、別の時には速度計以外のすべてのメーターが死んだ（アナログの速度計は電力を必要としない）。いちばん困ったのは燃料計。ぼくに早め早めの給油という習慣がついたのはあの時以来ではなかったか。

振り返れば、車というものが好きで好きで、これまでずっと楽しく乗ってきた。車種に凝るわけでも、スピードを求めるわけでもなく、行動圏が広がるのが嬉しかった。

幸い大きな事故も起こさなかった。

自分の人生で運転していていちばん高揚したのはいつだったか？

一九八八年の一月二十四日。ぼくは東名道を御殿場から東京に向かっていた。自分の気持ちの高ぶりと、車の速度感と、ゆるい下り坂を走る快感が一体になってぼくを包み込んだ。

実はその十一日前の一月十三日、芥川賞選考委員会はぼくが書いた「スティル・ライフ」という小説を受賞作にすると決めた。

これはまったく予想外のことで、ぼく自身は候補作になっただけでびっくりしたくらい。枯木も山のにぎわいということで一点くらい変なものも入れただけだろうと思っていたら、なんと受賞してしまった。

喜びよりも不安が先に来た。「スティル・ライフ」が書けたのはまぐれではないか？一作で消える運命なのではないか？（そういう例がないではない）。受賞の記者会見の席でぼくはとても暗い顔をしていたと思う。

今は知らないがあの頃は受賞が決まるとすぐに受賞第一作というのを書かされた。いかにも実力を問うという感じで怖い。

与えられた時間はとても少なかった。どこか自宅以外の場所に隠《こも》って、空っぽの頭からなんとかアイディアを絞りだそうと思った。

友人が御殿場の静かな宿泊施設を教えてくれた。YMCAが運営している東山荘という質実剛健なところ。

ぼくは例の故障の多いドイツ車でそこに向かった。車で行った理由は簡単で、ワープロを運ばなければならなかったからだ。ちなみにぼくはワープロで書いた作品で芥川賞をもらった最初の作家である。

三泊して、執筆と食事と散歩以外は何もせず、なんとか「アップリンク」という短篇を書き上げることができた。

先日、二十六年ぶりに東山荘に行ってみた。正にセンチメンタル・ジャーニーだ。昔と変わらぬ佇まいで、自分ばかりが二十六年分、歳をとったと思った。

＊「先日」は二〇一四年のこと。

レンタカー活用法

自分の車だけが車ではない。

世の中には、わずかなお金でしばらく車を借りられるレンタカーというありがたい制度がある。

ぼくは今は札幌に住んでいる。しばらく前は沖縄だった。どちらも国内旅行にも飛行機を使わざるを得ない土地である。

旅の目的が大都市の中だけで済むのなら電車とバス、タクシーで充分だが、ぼくが行くのは富士山裾野一周とか、三陸を海岸沿いに縦断、あるいは四国の吉野川を源流から河口までなど、広範囲なことが多い。

最近でいえば、宮崎県高千穂町に行く用事ができて、この時は熊本空港を基点にした。行きは紅葉を見ながらの楽しい旅路だったが、帰りは峠で霧に巻かれて難儀した。

そういうことぜんぶがおもしろい。

飛行機で目的の空港に着いて、預けた荷物を受け取り、ターミナル内のレンタカーの受付に行く。そこでそのまま借りた車に案内されて走り出せるところは日本にはほとんどない。なぜかレンタカーの営業所が空港の敷地の外にあるからマイクロバスなどで無駄な移動を強いられる。他の国では直接乗れるところが多いのだが。営業所で書類にサインして、車に案内され、係の人と一緒に外部の傷のチェックを済ませる。この儀式がなかなか楽しい。

運転席に着いてシートの位置やミラーの向きを調整し、目的地をカーナビに教える。最近は予約の時に慣れた車を指定しておくから、シフトレバーや各種スイッチ、ペダルの位置などで戸惑うことはない。

ヨーロッパで気を付けなくてはならないのがギヤをバックに入れる時。やりかたがわからないと駐車位置から一ミリも動かせない。

だいたいがあちらでは今もってマニュアル・シフトで（これがぼくは大好きなのだ

が)、Rに入れれば後ろに動くという仕掛けにはなっていない。

Rは誤作動で入ってはいけない位置だから、関門が用意してある。一つはシフトレバーを上からぐっと押し込んで入れるというもの。もう一つはレバーの握りの下にリングがあって、これを人差し指と中指で挟んで上に引き上げる。何度も乗って知っているのに、レンタカーの運転席でいきなりだとパニックになる。

今の車は楽になった。

カーナビがあるから道に迷うことはめったにない。迷うと焦るし、その分だけ事故の確率も高まる。その一方、自分は地図を読むのだけは上手だったのに、という口惜しい思いも残る。

しかしながら、カーナビも全知全能ではない。時には弘法も字を間違える。

北海道の真ん中あたりで蕎麦屋を探した。蕎麦の産地として有名なところで、とてもおいしいと評判の店だが、市街地からは遠い。

カーナビさんお願いしますと言って、ご託宣のとおりに走ったところ、どんどん山道に入って行って、中腹で立ち往生してしまった。

車を降りて見下ろせば、目の下にその蕎麦屋らしき大きな建物がある。道はない。少なくとも車の走れる道はない。ぼくは車を林間の空き地に駐めて細い道を徒歩で蕎麦屋に向かった。

そこの蕎麦は苦労の分だけおいしいように思えたが、もちろん正しい道を辿れば車で乗り付けられるのだ。

一九七〇年代にはミクロネシアに夢中になっていた。

グアムからまた三時間か四時間ほど飛行機に乗っていった先の小さな島々に何度となく通った。

国連がアメリカに預けた信託統治領だから、すっかりアメリカ文化が入っている。当然、レンタカーという制度も導入されていた。

しかし道がひどい。舗装があるのは村の中心部ばかりで、村と村の間は赤土のまま。熱帯だから降雨量も多いし、荒海を小舟で行くような運転を強いられる。

借りる車も決して新しくはない。はっきり言うととても古い。タイヤの接地面はずいぶん薄くなっている。だから借り出す時にスペアタイヤを確認するのは大事なことだ。その代わり外装の傷のチェックなどは一切ない。全身が傷みたいなものだから意味がない。

地図読みと一緒で今はほとんど無用の技術になってしまったが、実はぼくはタイヤ交換がずいぶんうまいのだ。南の島で訓練したから、ジャッキの当てかたなど名人芸。ぬかるみならば固い地面までパンクのままなんとか移動する。ジャッキ・アップの前には下に大きな石などをあてがう。

ある時、A地点からB地点に行く途中でパンクした。速やかにタイヤを交換。内心ではちょっと得意だった。

しかし人生には罠がある。古びたタイヤが再びパンクしたのだ。もうスペアはない。幸いB地点までは数キロの距離だったから歩いて救援を頼みに行った。

レンタカー事情は国ごとに異なる。

ぼくはインドでレンタカーを借りたことはない。そんなことは思いもしない。あそこはプロのドライバーの帝国であって、ローカルな慣習や法則や心理を知らない外国人が路上に出る余地は一切ない。

バスを待つ

バスに乗らなくなって久しい。高校生の時は通学に使っていたが、その後はすっかり縁が薄くなった。

ところが今年に入って、バスに乗ることが急に増えた。それも六時間とか三時間とか遠距離のバス。

理由はどれも東北の大震災だ。

ぼくには仙台に老いた叔母の夫婦がいる。三月十一日のすぐ後で無事は確認した。二人は老人向けのケアのついたマンションにいて、水も電気もなく、食べ物も不自由な暮らしをしていた。心配でならない。

たまたまぼくが東京にいた三月二十三日の夜、東北自動車道が大型車に限って通れるようになったということを知った。すぐにその場でバスを予約した。

出発は翌々二十五日の午前九時。

一日の余裕があったからデパートに行って米や根菜類、レトルト食品などを買い込んでトランクに詰めた。食料というのは重いものだから、トランクは二〇キロくらいになった。

バスのターミナルは新宿西口の高層ビルの地下一階。地上階からはエスカレーターで降りられた。ところが窓口でチェックインを済ませていざバスに乗るところまでは階段なのだ。二〇キロの荷を持っての階段は容易でないが、叔母のためにがんばった。

最近の長距離バスは三列座席で、プライバシーも確保されて非常に快適だと聞いていたけれど、そんな車両が投入されているのは競争が激しい路線だけだ。競争ゼロの被災地向けのバスは昔ながらの四列座席の観光バスだった。座席のリクライニングもままならない。それでも走ってくれるだけありがたいと思って乗った。

東北道は福島から先は路面が荒れていた。地震で壊されたのを応急措置しただけだからバスはよく揺れた。途中、併走するのは自衛隊や警視庁機動隊、赤十字、それに緊急の支援物資を積んだトラックなどばかり。

到着した翌日、ぼくは叔母たち夫婦を連れて仙台から青森に行くバスに乗った。余震が激しかったし、食料事情も悪いから、しばらく札幌のぼくのところに避難しようと説得したのだ。この時の五時間のバスもきちんと動いてくれた。バスの信頼性は高いと思った。

その後、七月に入ってまた東北に行く機会があった（実はこの間にも何度も行っていたのだが）。この時も交通手段としてバスを使った。一関の駅前から大船渡の盛駅前までという路線だが、この時でも震災後の臨時ダイヤである。

午前十一時二十分発で、前夜泊まったホテルからは歩いて五分の距離だ。それなのに当日の朝はずいぶん緊張した。なにしろ日に二便しかなくて、最初の便は早朝に出発してしまっている。絶対に逃すわけにはいかない。歩いて五分の行程にどんな障害もあるはずがないのに正しいバスに乗るまで不安でならない。駅前の五番ターミナルに着いて、他の人たちも大船渡に行くらしいことを知って安心した。

それでも問題は生じるが、幸いぼくの身に起こったことではなかった。途中で、中年の二人の女性の乗客がおっとりとした口調で「なんだかいつもと道が違うみたい」と言い出した。

「運転手さん、このバスは千厩《せんまや》に行きますか?」と問う。

このバスは千厩には行かないのだ。

もともと一関から大船渡に行く便は気仙沼街道と呼ばれる道を走り、気仙大橋を渡って目的地に着いた。千厩は気仙沼街道の途中にある。ところがあの大津波で気仙大橋が落ちてしまったので、ぼくたちが乗ったバスは今泉街道という別の道を走っている。

バスの利点の一つは柔軟性ということだが、それがこの二人にとっては裏目に出た。一関まで戻るのがいちばん早いと言われて二人はすごすごとバスを降りた。いや、案外こういう小さな冒険を楽しんでいたのかもしれない。


二十年も前、ハワイに通い詰めていた時の話(ぼくはあそこの先住民の言葉に忠実に「ハワイイ」と書くのだが)。

あの島々の自然を調べているうちに、ジェイムズという昆虫学者の友だちができた。

その世界では知られた有能な研究者で、芋虫のくせに肉食というとんでもない種《しゅ》を見つけたのがいちばんの業績。

すばらしい男だが、世俗的な面では時として配慮を欠く。つまりぼんやりしている。目前のことに夢中になるあまり夕食の機会を失うなど朝飯前(比喩がおかしいか?)。彼と一緒だと山の中での観察の成果に興奮しながら空腹を抱えて眠ることになる。

彼が家に遊びに来いと言ってくれた。家はオアフ島のずっと西の方にある。行きはホノルルのぼくの宿まで車で迎えに来てくれた。家ではいろいろな昆虫の標本を見て楽しくすごした。

さて、帰路。「すぐそこからホノルルまでバスがあるからあれで帰るといいよ」と彼は言ってバス停に案内してくれた。「次の便がすぐ来る時間だ」

言われるままにバス停で待っていると、目の前を逆方向のバスが通った。あれが戻ってくるのかなと思ったが、三十分待ってもバスは来ない。バス停に時刻表などはなかった。

やがて日が沈み、壮麗な夕焼けが見えた。

一時間待ってようやくバスが来た。

我が友はぼくを道の反対側のバス停に下ろしたのだった。

エレベーター漫談

現代人がいちばん頻繁に乗っているのに、ほとんど乗り物として意識されないのがエレベーターだ。

その理由は二つあって、第一にたいていは無料である。昔、田舎者が東京に出て来て、三越百貨店の昇降機を見て感心し、乗ってみようと思ってまずキップ売り場を探した、という話は本当だろうか。ともかくエレベーターは無料だ。

乗り物と思えない理由の第二は時間が短いこと。長くてもせいぜい数十秒だ。それでも数百メートルの移動をすることもあるのだから市電の一駅分くらいはあるのだけれど。乗り物であることを実感したかったら、試しに二十階くらいまで脚で登ってみるといい。ありがたみがよくわかる。

実際、エレベーターが発明されなかったらすべての建物はせいぜい四階までだっただろう。摩天楼が並ぶ今の都会の風景はなかっただろう。

（百貨店とか昇降機とか摩天楼とか、文明開化の匂いのする言葉だと書いていながら思った。ついでに余計な感想を言えば、百貨店はとても慎ましい命名で、万年筆はずいぶん強気なネーミングではないか。）


ニューヨークでも最も高級なホテル、ウォルドーフ・アストリアのロビーに某産油国の大富豪がやってきた。初めての大都会。

秘書がチェックインの手続きをしている間、彼はぼんやりとあたりを見ていた。

壁に沿って扉がいくつも並んでいる。その一つが開いて中が見えたがただの狭い部屋だ。トイレでもなさそうだしと思って見ていると、老いた女性が一人で入っていって、扉は閉まった。

二十秒後に同じ扉が開いて、妙齢の美女が出てきた。

手続きを終えて戻ってきた秘書にお金持ちは言った――「あの機械を買って帰る！」

どうもエレベーターというのは軽んじられがちな印象の薄い乗り物であるらしい。

ジョークのネタにしかならないというか。

あるいはクイズのネタ――乗り物の中の乗り物を一つ挙げよ。

更に、乗り物の中の乗り物の中の乗り物を一つ挙げよ。

答えは最後に明かそう。


日本でいちばん美しいエレベーターはどこにあるか？

これはジョークではなく、本当のこと。ぼくの独断だが、関西空港のターミナル・ビルの中にあるのがいちばん美しい。その理由を説明しよう。

あの建物の天井は飛行機の翼を模した曲面で、吹き抜けになっている。普通のエレベーターでは最上階の上に機械室があってモーターなどを収納するのだが、関空では四階の上には空間しかない。あの建物を設計した建築家のレンゾ・ピアノは余計なものを嫌ったのだろう。

では地下に機械室を押し込んだのか。機構的にはそれも可能なはずだけれど、関空の敷地は埋め立て地である。落成した後もずぶずぶと沈んでいって管理者を困らせた。土台と建物の間にジャッキを組み込んで完工後も微調整ができるようにした。そういう地盤に地下室は造れない。

あのエレベーターではケージを上下に動かす機構が一階と四階の間にすっかり収まっている。開放型だからからくりが外から見える。全昇程の半分の高さの細いシリンダーとそれに沿って縦に動く長いピストン。その動きを倍増してケージを動かす滑車とケーブル。

この動きがよく見える上に、色合いがまた美しい。あの空港に行くとぼくはしばらくエレベーターに見とれることにしている。

では、世界一の昇程を誇るエレベーターはどこにあるか?

ドバイのバージュ・カリファは百六十階建てで今の世界でいちばん高いらしいが、これはそういう話ではない。科学者の夢想まで含めて最も高いところまで行けるエレベーター。

今、宇宙ステーションに行くにはロケットを使う。大袈裟で、うるさくて、危ない。先日まで飛んでいたスペース・シャトルは、離陸時の重量が二〇〇〇トンもあるのに、運べる荷物の重さは三・八トン、とおそろしく効率が悪かった。もっとエレガントな方法はないものか?

という問いの答えが軌道エレベーター。宇宙ステーションから丈夫なケーブルを吊り下げて、それを自力で登ってゆくエレベーターを作る。エレベーターそのものの設計はさほどむずかしくない。問題はケーブルだ。

人工衛星などが安定して天空の一点にいられる静止軌道は地表から三万六〇〇〇キロのところにある。物理の法則が決めることだから妥協の余地はない。そうすると、これまでにある材料で作ったケーブルでは、自分の重みで切れてしまうのだ。それは言ってみれば三メートルの高さまで豆腐を積めないのと同じだろう。豆腐は自分の重みで崩壊してしまう。

最近になってカーボン・ナノチューブというとんでもなく強い素材ができた。これが量産できれば軌道エレベーターも夢ではないらしい。

一つめのクイズの答え　豪華客船の中のエレベーター、あるいはもっと身近に、エレベーターに乗った車椅子。

二つめのクイズの答え　航空母艦の舷側にある巨大なエレベーターで格納庫から飛行甲板に運ばれる艦載機。

フェリーあるいは渡し船

先日、瀬戸内海でフェリーに乗ろうとしていささか難儀した。

あの海はなにしろ島が多いから（人が住む島が百六十あるとか）、それらを結ぶフェリーも縦横無尽に走っている。本四架橋《ほんしかきょう》などで橋で行ける島も増えたけれど、まだたいていの島は船で行く。その多くは車も乗せるフェリーだ。

で、先日の話。広島県の三原港から佐木島に渡ろうとした。広島空港に降りたのが朝の九時半で、フェリーは十時半に出る。二十数キロだから余裕で間に合うと思ったところ、レンタカーで手間取り、途中で渋滞があったりしてけっこうぎりぎりになった。

それでも五分前に着いて十台ほどの列の最後に並んだ。前に大きなトラックがいる。

そして船が着いて乗る段になると、なんとこのフェリーは車をバックで乗せるのだ。

ご存じかと思うが普通フェリーは前と後ろに乗り込み口がある。ランプウェイという上に畳む蓋のような踏み板が両方についていて、後ろから乗ったら前から降りる。中には前後が対称でどちらにも走れる船もあって、これだと港を出る時に向きを変えなくて済む。

しかるに三原港ではすべての車に乗船前にUターンを強いてバックで乗るように指示していた。前から乗って前から降りる。

実を言うとぼくは今、バックが苦手なのだ。脊椎の手術の後であまり身体を捻ってはいけないと言われていて、真後ろが見にくい。車庫入れくらいならばともかく二〇メートルもバックで下がるのはあまり楽しくない。

でも、しかたがないではないか。誘導員もいることだしなんとかなると思って車を回し、甲板に引かれた車線を右のサイドミラーで見ながら下がっていった。途中に構造物が突出していたりして真っ直ぐではないから大変。

誘導員が何かどなっている――「左、左！　当たるよ！」

ひょいと左のミラーを見ると、大きなトラックのバンパーがすぐ後ろに迫っている。トラックは堂々とはみ出していた。車線などないも同然で、お互い譲り合って詰め込めるだけ詰め込むということらしいが、いやはや冷や汗をかいた。

昔、同じ瀬戸内海のフェリーで別の理由で冷や汗をかいたことがあった。小一時間かかる長い航路で、だからみんな車を降りて船室で過ごし、到着前に車に戻る。船でいちばんおもしろいのは着岸の儀式だ。ゆっくりと寄せていって、最後の瞬間にアスターン（後退）に切り替えて岸壁にぴたりと寄せる。もやいの先導ロープが投げられる。

甲板からそれを見ていて、はっとしたらもう下船の時だった。あわてて階段を駆け下りて自分の車に戻ろうとした。他の車はもうエンジンをかけて正に動かんとしている。ところが、借りたばかりのレンタカーだから自分の車がわからない。遅れると後ろの車に迷惑だし、焦って必死でうろうろ探し回ったことだった。

フェリーというと今の日本では車を乗せる船ということになっているが、本来は渡し船である。

ぼくはフェリーでアジア大陸に渡ったことが三回ある。

一度目は香港のスターフェリーで香港島から九龍《クーロン》へ。

二度目はイスタンブルからボスフォラス海峡を隔てたウスクダルという町へ（この町は昔、「ウシュクダラ」という名の流行歌で有名になったことがある。歌ったのはアーサ・キット）。

三度目はスエズ運河横断。ブル・サイード（ポート・サイド）から対岸のブル・フアードへ。他はともかくこの体験はちょっと珍しいだろう。

だから何なんだ、という程度のことでしかない。だいたいぼくの自慢の種は子供っぽい小さなことが多いのだ。

渡し船で思い出すのは王妃グィネヴィアの神明裁判の話。

グィネヴィアはアーサー王の妻だが、騎士ランスロットの恋人でもあった。

そもそも隣国の王女であった彼女をアーサー王の使者として迎えに行ったのがランスロットだった。戻る途中の船の中で王と共に飲むようにと彼女の乳母が用意した媚薬を手違いから二人が飲んでしまったのが恋の始まり。

王とグィネヴィアはめでたく結婚したけれども、ランスロットとの仲は続いた。ひた隠しにしていたが、こういうことはいずれは露見するものだ。

王妃は捕らえられ、ある小島で裁判に掛けられることになった。熱湯の中に沈めた指輪を素手で取り出してやけどしなければ無実という神がかりの裁判である（昔の日本ではこの種の裁判を盟神探湯《くがたち》と呼んだ）。

ランスロットは一計を案じて、小島に渡る舟の船頭に化けて待っていた。王妃はこの舟に乗って島に着いたが、桟橋がないので水の中を歩いて上陸しなければならない。衆人環視の中、船頭がいかにも気をきかせた風に彼女を抱き上げて岸まで運んだ。

いよいよ裁判になった。王妃は「これまでに私を抱いた男は夫であるアーサー王と、それから先ほどの船頭だけです」と誓って湯の中に手を入れた。白い手はきれいなままだった。


エジプトで聞いた格言がある――

急ぐ者もゆっくり行く者も渡し場で一緒になる。

川と運河を舟で行く

フェイ・ダナウェイが主演する『パリは霧にぬれて』という映画を見ていて懐かしい光景に出会った。監督はルネ・クレマン。始まりのところで、霧のセーヌ川を行く舟に乗って若い母と幼い子が早朝のパリへ帰ってくる。

舟といってもずいぶん大きくて、大型トラック数十台分の荷が積める。だいたいが砂とか砂利とか、かさばって重いもの。運送費を安くしたいから水運に頼るのだ。

懐かしく思ったのは、セーヌ川を舟で数十キロほど遡航《そこう》したことがあったからだ。荷は積まない遊び用のモーター・ヨットで朝のパリを出て、午後遅くに自分が住んでいるフォンテーヌブローという町の近くに到着した。

川というのは岸辺や橋の上から見るのと水面から見るのではずいぶん印象が違う。海と違って揺れることはないから動きは滑らかで、こちらが停止していて岸の方が動いているような錯覚に陥る。それに荒天になれば岸に寄せて繋留すればいいのだと思うと海よりもずっと安心。

日本には川や運河の水運はほとんどないからここは説明が要るかもしれない。ヨーロッパは全体として地面が平らなので川も流れがゆるやかで、水ははるか遠くからやってくる。これを交通に利用しない手はない。というか、川があったからこそパリも、ロンドン（テムズ川）も、フランクフルト（マイン川）も、大都会になれた。もっと昔でいえば、バグダッド（ティグリス川）も、カイロ（ナイル川）も川があっての都市だった。

川だけでは足りないというので人々は運河を掘った。だからずいぶん遠いところまででも川と運河という内陸の水路を辿って舟で行くことができる。パリから南は地中海まで水面が続いているし、ボルドーへ抜けて大西洋にも出られる。北に行けば国境をいくつも越えて北海までもつながっている。

江戸も大坂も川があったから開かれた。しかし日本の川はみな急流で水運に使いにくいから河口に近いところに市街が開けた。運河といえば都市の内部を行き来するための掘り割りでしかなかった。自然の条件がぜんぜん違うのだ。

運河には閘門《こうもん》がある。

これがまた説明しにくい。

川の水が流れるのは高低差があるからだ。舟で行く時は流れがない方がありがたい。だから運河では水面をところどころで仕切って水平にしてしまう。いわばとてもとても長くて細い池のようなもの。

その仕切りのところは二重の水門になっている。舟は手前の水門を開いて中に入り、背後の水門を閉じた上で先の方の水門を開く。水面の高さの差だけ水が入ってきて舟は持ち上げられ、次の区画へ入っていける。いわば水の階段で、この仕掛けぜんたいを閘門と呼ぶ。

今の舟はエンジンで動くが昔は馬が曳いた。だから川や運河の岸に沿って道が続いている。パリ市内のセーヌ川の岸辺が公園のようになってベンチが置いてあるのはこの馬の道の名残だ。

ヨーロッパの舟の旅は楽しい。

すぐ目の前が岸で、たいていは草や木が茂る自然のままの土手だから見ていても美しい。川を見下ろす丘に点在する家々も、いかにも見られることを意識した凝った意匠のものが多い。風景は公共の財産だという思想が行き渡っている。

川に河川敷や堤防がなくてすぐに岸になっているのは水量が安定しているからだ。台風や集中豪雨でいきなり増水ということがほとんどない。それでいて水の量はなかなかのもので、セーヌ川の年間平均は毎秒五〇〇立方メートル。利根川の倍である。大陸と島国の違いだ。

岸辺に繋がれた舟の家がある。見るたびに、あそこで暮らしたらどんなだろうと誘われる。動ける家というのならキャンピング・カーがあるけれど、あれは家と呼ぶには小さすぎる。何もかもが狭いところに押し込められている。

舟の家は充分に普通の家の広さがある。繋留している時は電気も電話も繋げるし、岸に置いた車で買い物にも行ける。移動する時はその車も積んで行く。

家である舟をいちばん間近に見たのはアムステルダムの市内だった。あそこは道路と同じくらい縦横に運河がある。岸には隙間なく舟がもやってあって、それがみんな浮かぶ住宅。

生活感がいい。舟の上の人と岸の道に立つ人が朝日を浴びて世間話をしていたり、午後の日射しを浴びて水着の美女がデッキチェアで昼寝していたり（顔は見えなかったが美女に決まっている）、スーパーの買い物から戻った主婦がひょいと甲板に戻ったり。

彼らはどれくらいの頻度で移動するのだろう？　長期の繋留権がついた舟ならば普通の不動産と変わらない。庭に花壇が作れないだけだ。でも短期なら好き勝手にどこへでも行ける。冬はマルセイユの近くで過ごして寒さを回避し、夏になったらコペンハーゲンまで行って高緯度地方の濃い色の空を楽しむ。

その途中の移動を想像すると、なんと享楽的な人生かと妬ましくなる。車での長距離移動は苦役でしかないが、これが舟だったらただおっとりと岸辺の景色が変わるのを見ていればいいのだ。閘門では順番待ちもあるし、夜は仮の繋留所がある。人生って本当はこうあるべきではないか、と思えてこないか。

エーゲ海の島々へ

若い時というのは変なことを考えるもので、三十歳になる直前、しばらく日本の外で暮らしてみようと思った。それまでも旅はずいぶんしていたが、短期の滞在では見えないものがたくさんある。どこかで少なくとも一年は過ごしたい。

行く先はギリシャとあっさり決まった。前の年の秋に旅行者として訪れてとても気に入ったのだ。気候がよく、食べ物がおいしくて、それに言葉を覚えて読むべき文学がある。

それで三十歳の誕生日にアテネに降り立った。アパートを借りて住み、大学の予科に通って現代ギリシャ語を学んだ。そして日本から来るツアーのみなさんのガイドをして得たお金でしばしば島に遊びに行った。

観光というのはだいたいコースが決まっていて、普通の人はそれを外れない。英語圏やフランスくらいならばともかく、ギリシャまで行くと自分で動くのはむずかしい。使われているのはギリシャ文字だから、観光用でないレストランではメニューも読めない。

しかし、言葉ができるとすべてが変わる。どんな田舎に行っても食べるも泊まるも困らないし、それ以上に普通の人たちと話ができる。たどたどしくても相手は根気よく聞いてくれるし、むしろ質問責めにあって困るくらいだ。

アテネの人たちは都会人だからちょっと冷ややかだが、島に渡るとどこでも歓迎される。あるいは、小さな島のはずれの小さな村でいきなり完璧な英語を話すおばあさんに会ってびっくりしたりする。聞いてみるとオーストラリアに四十年暮らして、老いたので帰郷したのだそうだ。

だからよく島に行った。ピレウスの港を朝の七時に出る船に乗る。船はイオニア諸島の島々の一つ一つに寄港しながら南に向かって、最後にはサントリニ島に到着する。

夏の気持ちのいい日で、エーゲ海は観光ポスターのとおりの濃いブルーをたたえていた。

「静かな海ですね」とぼくは甲板でたまたま知り合った老人に言った。

「冬に来てみろ。おそろしく荒れるんだから」

そう言われても実感がない。

昼食にティロピタ、つまり山羊乳のチーズのパイとフィックスというブランドのビールを摂った（このブランドは今はないのだが）。

島に着くと船は用心深く岸壁に接近し、ぎりぎりまで近づいたところで先に重りを付けた細いロープが船から岸に投げられる。岸の側でそれを拾ってたぐると太い舫《もやい》綱《づな》が引き出される。岸壁のボラードにそれを絡め、船の側のウィンチで綱を巻いて船を岸壁に寄せる。

タラップが渡され、人々が降りる。それを上の方の甲板から見ながら、ここで降りたらどんなものが見られるのだろうと思いながら、がまんする。島は一つ一つ違っていて、上陸すればそれぞれの物語があることだろうが、一度に一つだ。

物語は旅人の体験だけではない。この国にはすばらしい神話がある。四番目の島はナクソスだった。港とその背後に広がる丘を見ながら、ああ、ここはテーセウスがアリアドネーを置き去りにした島だと思い出した。

クレタ島のクノッソスの迷宮にはミノタウロスという人と牛の混じった怪物がいて、九年ごとに若い男女それぞれ七名の人身御供を要求していた。若いテーセウスはその一人に紛れ込んでミノタウロスを退治しようとした。

しかし彼には怪物を倒すだけでなく、その後で迷宮から脱出するというもう一つの難問があった。そのために王女アリアドネー（つまりミノタウロスの異父妹）から糸玉をもらっていた。迷宮に入る時に端を入り口に結びつけておき、首尾よく怪物を倒してからは糸をたぐって無事に外に出た。

アリアドネーは糸玉を渡す時に、自分をこのクレタから連れ出してくれることを条件にしていた。約束のとおりテーセウスは彼女を島から連れ出したが、しかしアテネに連れ帰ることなくナクソスに置き去りにした。

こんな風に島への旅は神話への旅になる。

一日中走った船は夜の十一時にサントリニに着いた。

ここはかつて大爆発を起こした火山の島で、外輪山の部分だけが水の上に出ている。村はずっと上の方にあって、港からはジグザグの道をずいぶん登らなければならない。それが大変なので船が着く時刻になると到着した客を村まで運んで一稼ぎしようと、港に島中のロバが集まってくる。

ぼくはいちばんに船を下りて、ロバを頼んだ。その時に少し値切ったのがいけなかったのか、飼い主に「じゃあ、あんたはこのロバだ」と言われて乗った。飼い主は別の客の相手を始めた。ロバに乗ったら自分で進まなければならないのだ。

ところが我が愛馬はとんでもない怠け者だった。いくら促してもぜんぜん進まない。最初に港を出発したのに、どんどん追い抜かれて上に着いた時にはびりになっていた。

サントリニでは遺跡発掘の現場を見て、山の道で不思議な迷いかたをして、楽しい数日を過ごした。あの船の旅をまたしてみたいと三十年以上たった今も思っている。

いつか船に乗って……

船で旅をしたいと思う。

ただし、いわゆる豪華客船の旅ではない。前に乗ったことがあるが、あれは実に退屈でやりきれないものだ。広すぎる海を行くのがいけない。大洋というのは何の目印もなく、そっけなく、人間を拒否している。

もっと島の多い海で、住民たちが普段の生活に使っている連絡船に乗りたい。そういうことをするのにいちばんいい海はエーゲ海だ。

昔、ギリシャに住んでいた時には、ぼくはまだエーゲ海を本当に楽しむことができなかった。あれは、老いてからの悠々たる旅の下見のつもりで、駆け足であちらこちら見てまわる時期だった。

さて、エーゲ海の理想の船旅。まず一か月くらいの暇を用意する。その上で、アテネの隣のピレウス港から、キクラデス諸島東部の島々を辿って南に向かう船に乗ろう。

エーゲ海は文明を育んだ海だった。海は人を隔てるのではなく、人と人を結ぶものだ。海があるから人は遠くに行ける。ちょうどいい距離のところに小さな島がたくさんある多島海は人どうしを上手につないで文化を養う。

船は朝の七時にピレウス港を出る。船が出て行くときのあの解放感がいい。もう誰も追いかけてこられないという自由な感じ。最初の寄港地はティノス島。上陸して、宿を見つけて荷を置いて、島の中をぶらぶらする。ここは聖母信仰の島で、有名な教会が丘の上にあって、時節によっては巡礼たちでにぎわう。

気に入ったら何日でもいよう。飽きたらまた船に乗る。船の航路の順からいうと次はミコノス。すこし観光化されすぎているかもしれない。ではその先のパロスは？ ここは町並みが本当に美しい。

しばらくいて、次の島はもっといいかもしれないという欲張りな思いに誘惑されてまた船に乗る。パロスの次のナクソスは派手な島ではない。だがここには、前述のように英雄テーセウスがクレタの迷宮から救い出した美女アリアドネーをこの島に置き去りにしたという伝説がある。神話の本をたくさん持っていって、この島で十日くらいこの謎を考えていたい。結論が出るわけはないのだが、詩か短篇が書けるかもしれない。

エーゲ海は美しい。それはいうまでもない。見た目の美しさの奥に深い歴史を隠して、実にさりげなく日常生活があるのがいい。海の色に陶然としながら、テーセウスのことやミノア文明の崩壊のこと、デロス島の神殿のこと、サントリニ島の火山の大噴火、ヴェネツィアの艦隊のこと、いろいろなことが考えられる。

その一方で、村のおばさんと葡萄の収穫のことや、前夜食べたおいしい魚の料理法、観光客の行儀の悪さの話もできる。

こうやって島から島へと気ままに渡る一か月、場合によっては二か月三か月。これがぼくの理想の船旅なのだが、実現は何十年先だろう。

噴火口を真上から

自分が住んでいる世界を上から見たいという欲望は強い。

だから人は塔に登り、観覧車に乗り、ケーブルカーに乗り、山に登れば晴れていて下界がくっきり見えることを喜ぶ。

あれがあそこ、あっちは何、と知っているランドマークと目の下に見えるものを照合して、地図と同じだと言って満足する。

ぼくの場合、自慢できることの少ない人生だが、自分の家を飛行機から見たというのはちょっとした得意の種だ。

沖縄の海辺の村に住んでいた時のこと。

飛行機は風に向かって離陸する。夏は南風が強いので、那覇の空港を南に向けて飛び立った飛行機は、左旋回して沖縄本島東海岸の沖を本土に向かうことが多い。その頃のぼくの家は東海岸の知念村（現・南城市）にあった。左側の窓際の席だと見える可能性がある。

コースはその時々で違うし、だいいち席が左の窓際という確率だって高くはないから、何十回も東京と往復しながら、それが実現したのはたった一回だった。

窓から目を凝らして見ていて、あれが自分の家と確信したのだ。

家並みの中の一軒ではピンポイントはむずかしいが、うちは周囲から孤立していた。すぐ下に小さな漁港がある。これは海岸線に沿って探していけば見つかる。そこからサトウキビ畑の中をSの字の形に伸びた道路があって、その途中にぼくの家があった。

上空から最も熱心に下を見たのはハワイイに通っていた頃だ。

観光地ではなく、アメリカ化された後の姿ではなく、本来の自然や文化の話を追っていたので、旅行者が誰も行かないところまでよく足を運んだ。

火山はテーマの一つだった。

ハワイイ諸島は火山が生んだ地形である。

島は東の方で深海から生まれ、プレートに乗って西へ移動する。いくつもの島々の中でいちばん東にあって大きなハワイイ島はまだ若いので、キラウエアなど溶岩を流す火口がいくつもある。

これを真上から見たいと思った。

火山にもいろいろ種類があるが、幸いハワイイのはおとなしい。爆発するのではなく、静かに粘りけのある溶岩を湧出するばかり。真上に行っても危なくない。

こういう場合はヘリコプターの出番だ。

ハワイイには観光ヘリがたくさん待機している。もとはベトナム戦争が終わってあぶれたヘリとそのパイロットがアメリカ各地へ流れて観光ヘリとなり、その一部がハワイイまで来たということらしい。だからヘリのチャーター料は日本に比べるととても安かった。

ハワイイは雑誌連載の企画だったのだが、文章だけでなく写真もぼくの仕事で、だから真剣に撮った。

こういう撮影の時は離陸前にヘリの扉を外してしまう。とてもとても風通しがいい席に坐って、四点ハーネスのシートベルトをしっかりと締めて、バックルにはテープを巻いて固定する（カメラのストラップなどが引っかかってベルトが外れ、そのままぼくは地面まで真っ逆さま、という事態を想像していただきたい）。

あれはおもしろかった。スリル満点という言葉のとおりだ。

火口といっても山ではない。固まった溶岩の真っ黒な平原に小さな丘があって小さな火口がある。真上に行くと中は真っ赤な溶岩が見える。特有の硫黄の臭いが鼻を突き、熱気が顔に感じられた。クパイアナハという名の火口。

その後も時折あの火口のことを想像した。たった今も溶岩がたぎり、たった今もあの臭いを放っているのかと。真上に行けばあの光景が見られるのかと。

ストックホルムの熱気球

自転車、ヨット、カヤック、グライダー、そして熱気球。

共通するものは何か？

エンジンがない。だから静かなのだ。

エンジンとスピーカーが発明される前、この世界は今よりずっと静かなところだった。都会はともかく田舎に行けば鳥の声と風の音しかしない。暴力的な音なんて嵐と雷だけではなかったか。

シーカヤックで少し沖に出てパドルを水から上げ、そのまま漂う。何の音もしない。時おり岸辺から鳥の声が水面を渡ってくるぐらい。自分が自然への乱入者ではなく、その慎ましい一員であるという気分はいいものだ。

熱気球も静かだった。

空の高いところに浮かんで、風に任せて動く。目の下には、まるで模型のようなという決まり切った表現しかできない町や村や野原の風景が広がり、線路を汽車が走っていればその音がかすかに聞こえる。

ただし熱気球は最初から最後まで静かなのではない。高度が下がってくるとプロパンのバーナーを数秒ほど焚いて頭上の大きな気球の中に熱い空気を送り込む。それで浮力が増してもっと高い方へ昇る。

世界中たいていの国では熱気球が都会の上を飛ぶことは禁じられている。ストックホルムではそれができると聞いて行ってみたのは十年近い昔だった。

まず指定された町の一角に十数名の参加者が集まる。統率するのはカールというフライト経験三千回の気球乗りで、トレーラーをつないだミニバスで現れ、その場で小さな赤い風船を飛ばして風の向きを見る。

熱気球は自力では昇ると降りるしかできない。水平方向の動きはすべて風まかせだから、離陸地点も風で決まる。東風が吹いていれば町の東側から空に昇って、眼下に広がる市街地の光景を楽しみ、町の西のどこかに降りる。原理はそういうことだ。

離陸するポイントが決まり、まずはそこまでミニバスで移動。

その日はバルカビーという小さな飛行場だった。その隅にミニバスを停める。参加者はみな働かなければならない。トレーラーの中から折りたたんだ気球を芝生の上に引き出して広げる。気球は重量が三八〇キロあるから、これはみんなで力を合わせるにしてもなかなかの重労働だ。まるで地引き網、とぼくは思った。

次は送風機で気球の中に空気を送り込んで膨らませる。ある程度まで大きくなったところでいよいよバーナーに点火、熱い空気を吹き込む。中の温度が上がるにつれて地面に寝ていた気球は少しずつ起き上がり、空に向けてすっくと立つ。

そこでぼくたちはゴンドラに乗り込んだ。その段階でみんな肉体労働者からバラスト（重り）に身分が変わる。乗客という本来の身分が実感されるのは気球が浮上してからだ。

充分な浮力を得た気球は早く昇りたいと身を震わせているようで、繋留索をほどくとゆっくり空に向かった。これは快感。下から押し上げられるのではなく、天からそっと引き上げてもらう感じで、風がなんとも心地よい。

途中でカールは二度だけ短くバーナーを焚いた。それで一〇〇メートルほどの高度に達した。低いし速度も遅いから地上のものが一つ一つよく見える。ぼくたちはあれやこれやを指さして歓声を挙げた。人々の営みをこっそり上から見ている天使の気分。

飛行機は前に前に進むことでようやく揚力を得ている。エンジンの力で無理に前へ押し出すことで翼に風を受けて空中の位置を維持している。気球にはその無理という感じがない。本来浮くべきものが浮いているだけのこと。

風まかせだけれど、高度によって向きの違う風が吹いている。上がったり下がったりしてある程度は行く先を選ぶことができる。そうやって着地点を探す。ある程度の広さが必要だから、たぶんカールの頭の中にはストックホルム周辺のちょっとした空き地がぜんぶデータとして入っているのだろう。

その日は郊外の草地に降りた。

一〇メートル、五メートル、三メートルと高度を下げながらずっと横に流れてゆく先にその草地が見えた。あそこに降ろすつもりなのか。

実際にはその五〇メートルほど手前の斜面でゴンドラの底が地面に触れた。カールは僅かにバーナーを焚いて浮力を確保し、三人ほどに降りるように言った。三人はすぐに降りて、ゴンドラに結んだロープを曳いて気球を草地の方へ誘導した。

草地の真ん中に着陸するとカールは気球のてっぺんにあるベント弁を開いて暖気を一息に放出した。気球は一日の仕事を終えた大男が休むように横になった。

その先にも作業はある。気球を畳んでトレーラーに収納しなければならない。全員で力を合わせて平らに広げて、縦方向に折り畳み、空気を抜きながら端からまるめていく。近所の子供たちが集まってきてわいわい騒ぎながら手を貸してくれた。

夕焼けの空を見上げて、さっきまではあそこにいたのだと思うのは不思議な気分だった。すばらしいところだけれど、自分たちはあそこには属していない。ちょっと覗くことが許されているだけ。

スケート通勤、ヒコーキ通勤

振り返ってみれば、人生において通勤ということをしたことがない。

タイムカードを持ったことがなく、月給をもらったことがない。

上司というものを遂に仰がなかった。

そんな決意をした覚えはないのに、なりゆきでそういう生きかたになってしまった。

それはともかく、仮に自分が通勤する身になったとして、理想の手段は何かと考えてみる。みんなしかたなくやっていることだから理想も何もあったものではないだろうが、ここは敢えて夢想に走ろう。

(自転車はもう常識内だ。)

ハワイに通っていた頃、何人ものサーファーの友だちができた。中にはきちんとした会社に勤務している者もいる。彼らの通勤手段は車だが、屋根にはいつもボードが積んである。

海岸沿いの道を走っていて、横目で波を見て、いい波だったら車を停めてちょっと海に入る。しばらく波と遊んでから出勤する。遅刻の言い訳として「いや、いい波だったものですから」が通用するのがハワイイだ。

しかしこの場合、サーフィンは通勤の手段ではない。ボードに乗ってオフィスへ行くわけではない。

先日、網走あたりの流氷の本を読んでいたら、昔、結氷した海でスケートをした人の話があった。流氷ではない。あれは不定形の氷塊の集まりだからスケートなどできない。そうではなくて、流氷と岸の間の海面が凍って氷盤になっている。そこで滑っている人を見たという。

「素人の遊びとは思われないほどのフォームで」というのだから、国体級の選手かもしれないと報告者は推測する（菊地慶一『流氷』）。

それならば、家と職場の両方が海に近ければスケートで通勤できるではないか。ただしオホーツク海がそこまで凍ったのははるか昔のことで、冬がすっかり暖かくなって流氷もなかなか来なくなった今では不可能だろう。

別の国でぼくは実際に氷上の通勤ではないかと思われる光景を見ている。厳冬のヘルシンキ。川がすっかり凍って、そこをデイパックを負った人が滑ってゆく。

朝だったからどう見ても通勤に見える。一瞬のことなので着ているものまで確認しなかったけれど、あれが背広にオーバーコートで右手に革の鞄など持っていたらそのまま映画の一場面になる。言うまでもなく左手には革靴を入れた袋。

007の映画で、ジェイムズ・ボンドが海の中からドライ・スーツ姿で出てきて、それを脱ぐと下は皺ひとつないタキシードの正装。途中でバラを一輪ひょいと摘んで襟に挿し、そのままパーティー会場に入ってゆくというシーンがあった。

スケート通勤はあれに近いかっこよさだ。

では、今の北海道でスケートで通勤することはできないか？

札幌を例に取れば一月の日最高気温の平均値は零下〇・九度だから、昼間も氷は融けない（日最低気温の平均値は零下七・七度）。屋外のスケート場がある以上、川だって結氷する。

そこをスケートで行けばスケート通勤になる、と言いたいところだが、ここに大きな障害がある。

雪だ。

北海道では結氷した川に雪が積もってしまう。

それと言うのもこの列島の日本海側は世界でも有数の豪雪地帯である。冬はずっと雪に覆われている。大陸からの季節風が海を渡ってくる、という地形は世界中でほとんど日本しかない。この海の上で空気はたっぷりと湿気を含み、それが陸地に雪となって降る。

他の地域では雪がたくさん降るのは山であって平地にはそんなに降らない。だからヘルシンキでは川をスケートで行くことができた。

北海道では昔は馬で通学している子供たちがいた。学校の外に馬をつなぐところがあって、子供が勉強している間、馬は待っている。

勉強しなくても馬は賢い。雪が深い時も、クマの出るような道でも、親は安心して子供を任せられた。

馬通学の子、ひょっとしたら今でもいるかもしれない。

馬通勤の大人はどうだろう？

もっと大げさな通勤も目撃した。

次女がバンクーバーの大学にいたことがあって、何度か監督かたがた遊びに行った。アパートの窓から市の北側の湾が一望できる。朝そこに飛行機が降りてくるのが見えた。

フロートの付いた、スキーを履いたような形の水上飛行機が次から次へと降りてくる。

「あれ、何？」

「ああ、通勤の人たち」

聞いてみると、バンクーバー周辺ではちょっと離れた土地や小さな島に家を建てて、町との往復に自家用機を使う人がいるのだという。家の近くの水面から離水して、町では飛行機専用の水面に降りる。駐機スペースに繋留して、そこから車で会社に向かう。これだと一〇〇キロでも二〇〇キロでも通勤することができる。

ひょっとしたら中には道路など通じていない隔絶したところに家を建てた人がいるかもしれない。電気は自家発電で、電話は無線。生活物資はすべて飛行機で運ぶ。隠者のような住処なのに、会社には律儀に毎日通う。この矛盾に惹かれた。

橇すべりと尻すべり

先日、自分が生まれて最初に乗った乗り物が何か初めて知った。ぼくが生まれたのは一九四五年で、場所は北海道の帯広である。その頃の帯広には自動車は数えるほどしかなかった。一度だけハイヤーに乗ったのは一九五一年の夏だから、これが最初の乗り物のはずはない。

荷物を運ぶのは馬車か馬橇《ばそり》。暖房用の石炭を買うと、一度目は秋口、馬車で運んでくる。一トンとか注文して、それを玄関横の石炭庫に入れておいて少しずつ使う。二月くらいになってもう一トン買うと今度は馬橇で運んでくる。深い雪だから馬車は走れないのだ。しかし、この馬車にも馬橇にも乗ったことはない。

郊外で親たちの友人が農場をやっていて、そこに行った時に馬に乗せてもらった。大人が手綱を持って、いわゆる曳き馬で乗るのだが、それでも鞍の上からはすごく地面が遠く見えて落ちるのが怖くてべそをかいた。だが、これは三歳くらいの時のことで、これまた最初の乗り物ではない。

バスはどうだろう？

たしかにバスはあった。家から道を隔てて十勝バスの車庫があったからバスというものは知っていた。石油が足りない頃で、後部におおきな窯を背負った木炭バスだったと思う。坂道に来ると乗客がみんな降りて押さないと登れないと悪口を言われていたが、これも乗った覚えがない。家は町の中心に近かったから乗る必要がなかったのだろう。

汽車は子供にとってはまだ移動の手段ではなくひたすら畏敬の対象だった。ぼくの乗り物好きはそこから始まる。だが、乗ったのはやはりだいぶ後のことだ。

三輪車を買ってもらったのは四歳の時で、これまた最初とは言えない。

乳母車？

そんなものは見たこともなかった。たぶん帯広中に一台もなかっただろう。

先日、叔母と昔話をしている時、「よくあんたを橇に乗せて引っ張って友だちの家に遊びに行ったものよ」と叔母が言った。そうか、これだったかと膝を打った。

その頃は父母は東京にいたのでずっとこの叔母が母代わりだった。ころころに着ぶくれた幼いぼくを小さな橇に乗せて、結んだ綱を引いて雪の中を歩く若い叔母の姿が想像される。

雪というのはありがたいもので、雪を敷き詰めるとどんな悪路でも平らな滑らかな道になる。しかも自然の方でどんどん敷き詰めてくれて手間がかからない。片付けようとするから除雪の苦労が生じるのであって放っておくと決めればこんな便利なものはない。

今ぼくは札幌に住んでいるが、今でも冬になると若いお母さんたちは幼児を橇に乗せて街路を引っ張って歩いている。昔のぼくのは大工さんに作ってもらった木製だったけれど、今どきのはプラスチックで軽くて色も派手だ。子供が嬉しそうにしているところは変わらない。

六年前に冬のフィンランドに行ったら、ヘルシンキの湖の横の公園で子供たちが橇遊びをしていた。土手の上から下までが高度差七、八メートルの緩い坂になっていてちょうどいい。

子供たちが使っているのは薄っぺらなプラスチックの板で、形はおたまじゃくしそっくり。尻尾の先が輪になってつかまれるようになっている。丸い胴体の部分にお尻を乗せて尻尾の先を両手で持つ。ちょっと足の先で一漕ぎすると、するすると滑って勢いでずいぶん遠くまで滑る。止まったらすぐ立って坂の上へ戻ってまた滑る。何十回やっても飽きないらしく、親が無理に手を引いて連れ帰るところを見た。

三年前に南極に行った（よくあっちこっちに行く奴だ）。

あのあたりの寒い海を舞台にした小説を書くための取材旅行という触れ込みだったが、実際は話が逆で、南極に行きたいからその話を構想したのだ。作家としてどうも動機が不純。

実際のコースは南米の南の端のウスアイアという港から観光クルーズの船に乗って南下、南極半島に沿って進む途中でいくつもの島に上陸するというもの。南緯六十六度三十三分を越えて南極圏に入るし、南極大陸そのものにも足跡を残すことができる。

旅の仲間はほとんどが物好きなオーストラリア人だった。そこに物好きな日本人が一人。

ある島で、パラダイス湾というところに上陸した。その名に反して雪と氷と岩だけの荒涼たる土地。アルゼンチンの科学観測基地があったのだが、二十年ほど前に越冬隊長が春を待つのが嫌になり、建物に火を放って一部を燃やしてしまった。たぶん極地性の鬱だったのだろう。ずっと夜というのは辛いものだ。

リーダーが裏山に登ろうと言う。

みんなぞろぞろついて行った。標高九二メートルだから散歩にしてはけっこうな運動。すっかり雪を被っているのだが、あまり固く締まってはいない。帰路、足元に用心して降りるのは面倒だなと思った。

リーダーのハワードがにやにやしながら、「降りるぞ」と言った。そして、雪の上に坐り込んで少し足で蹴ると、ずるずるずると丘の下まで滑って行った。冬山の登山姿だからプラスチックの橇さえ要らない。彼のあとは十秒ほどの間隔を置いて一人また一人と滑る。いい歳をした大人がきゃーきゃー騒ぐ。

これは、ほんと、快感だった。

自転車の上の人生

生まれて初めて夢中になった乗り物は汽車だった。三歳か四歳でその力強い姿に魅入られた。どこかへ運ばれるという乗り物の原理を知った。

これがぼくにとっての第一次乗り物革命。

小学校入学を前にして上京した。東京には自動車というものがあったが、日常から遠くて関心が湧かない。今の軽自動車くらいの小さなタクシーに乗ったのを覚えているくらい。

小学校四年の時に一台の自転車が自分のものになった。これが第二次乗り物革命だった（第三次は二十七歳にして初めて飛行機に乗って海外に行ったこと）。

自転車を得てぼくの行動範囲はちょうど一桁広くなった。今、地図の上で記憶にあるランドマークを一つずつ辿って確認したのだから間違いない。東京都世田谷区下馬《しもうま》一丁目の我が家から徒歩の行動圏の端にあたる昭和女子大までが五〇〇メートル、自転車で遠征した荏原《えばら》町の親戚の家までは五キロ。

乗り物とは世界との出会いである。大袈裟なことを言うようだが、実際ぼくはこの原理に沿って自分の人生を決めてきたような気がする。

自転車はとことん個人的な乗り物で、どちらに行くか、どこまで行くか、ぜんぶ自分で決められる。前に進むのには勇気が要るが、知らぬ地域に敢えて進入して新しい風景が目の前に次々に現れるのを見るのは、子供心にもすばらしい体験だった。そうやってぼくは例えば代沢十字路の右側にある模型屋を見つけ、ショーウィンドーを眺めて過ごした。

次に自分の自転車を持ったのは三十歳を過ぎてギリシャで暮らしていた時だ。サイクリングでヨーロッパを横断してアテネまで来た日本人が愛車を手放すというので譲り受けることにした。フルサイズだが折り畳み式で輪行袋に入ってしまう。

アテネの北にエヴィアという島がある（古典の読みではエウボイア）。ここに友人が別荘を持っていて遊びにおいでと言うので、自転車で行くことにした。

八〇キロほどの全行程を走るのは初心者にはちょっと辛い。いんちきをすることにして、エヴィアまでバスで行った。島とはいってても橋でつながっていてバスは細長い島の北端まで行く。稜線を走るから、友だちの別荘になるべく近いところで降りた。ここからならば上り坂よりも下り坂の方がずっと多いと考えたのだが、それでもなかなかの苦行で、リムニという小さな港に着いた時はへとへとになっていた。

午後も早い頃でたぶん友だち夫婦は昼寝をしているだろう。侵してはいけない神聖な時間である。海辺のカフェで待つことにして、自分の身体が要求するものを二つ一度に注文したらボーイが呆れた——「パゴト・エ・ビーラ（アイスクリームとビール）！」

初老の劇作家の夫と若い美貌の女優の別荘は小さな小屋くらいの建物で、とても居心地がよかった。ぼくはその体験をもとに「輪行記」という詩を書いた。

そして先日、人生において三度目にぼくは自転車を手に入れた。

作家という職業の最大の欠点は座業であることだ。取材の旅は多いけれど、その成果を原稿にする時は家でなりホテルでなり、椅子に坐ったまま。明らかな運動不足だ。

札幌に住んで二年、ここで発起して自転車を購入した。走ろう。目的は運動だからママチャリというわけにはいかないが、そんなに高いものは買いたくない。手頃なクロスバイクを近所の専門店で注文したのだが、これがなかなか来ない。聞いてみたら震災で工場が壊れて部品が揃わないのだとか。これは待つしかないと思った。

ようやく入荷と聞いて勇んで店に行った。なかなか美しいし、ベルトドライブと内装ギヤもかっこいい。一一・八キロという重量もまずまずだ。

で、走ってみて、まずは自分の体力のなさにショックを受けた。しばらく前からぼくの身体には小さな故障があって歩くのが不自由になっていた。そのせいで脚力が落ちているのは自覚していたし、それも自転車に乗ろうと思った理由の一つだった。それでもなんで八段ギヤのクロスバイクに乗るぼくがママチャリのおばさんにどんどん抜かれるのだ？

札幌は平坦で、道がやたらに広くて、繁華街を外れれば交通量も少なく、まこと自転車に向いた町である。屈辱にめげずに毎日走っているうちに筋力も少しはついてきたし、息が上がることも少なくなった。

車で走っていたのでは目につかない発見も少なくない。中央卸売市場の横で直径一メートル以上、重さはたぶん一〇〇キロを超えるかと思われるカボチャを見て感心したり。

ぼくの家から西に行くと山になる。東に行くと賑やかで車が多い。どうしても北か南に向かうわけだが、この選択がむずかしい。平坦に見えてこの土地は北に向かって微妙に下がっている。三キロで一〇メートルの高低差がなかなかきつい。苦しい部分を先に済ませようとすると南を目指す。あるいは敢えて楽を選んで帰路に自分に苦難を強いる。

と言っている間に雪の季節になってしまった。春まで自転車はおあずけ。

努力ゼロで山に登る方法

登山は楽しい。

まず世界観が広まって、日常の苦労をしばし忘れることができ、人格がその分だけ高潔になった気がして、健康増進にも大いに役に立つ。同好の士との行き来もまた愉快である。

欠点はたった一つ、くたびれるのだ。

なにしろ山というのはぜんぶが坂道だ。それも行きはほとんど上り坂で、それが帰りにはみんな下り坂に変わる。そこを何百メートルも登ったり降りたりするのだから、後に残る疲労たるや相当なものだ。

この問題の解決には古来多くの賢人が意を注いできたが、未だ決定的な妙案はない。しかし、いくつか抜け道がないわけでもない。

ぼくはヒマラヤで標高四〇〇〇メートルのタクマール峠の頂上を自分の足で踏んだことがある。実はこの峠を越える道が三九五〇メートルのところを通っていて、そこまでは馬に乗って行った。最後の五〇メートルだけが自分の努力。空気は薄いし一歩ごとが苦行だったがなんとかやり遂げた。麓からぜんぶ自力で登る人の気が知れない。

乗鞍岳の頂上も知っている。

頂上近くに宇宙線観測所が造られ、友人がそっち方面の研究者として働いていたので見物に行ったのだ。ここにはコロナ観測所もあったので、そちらも見せてもらった。

乗鞍岳の最高峰は剣が峰三〇二六メートルだが、その三〇〇メートル下まで自動車道路が通じている。西の岐阜県側からは乗鞍スカイライン、東の長野県側からは乗鞍エコーラインが伸びていて、車でらくらく行ける。今は自家用車規制でシャトルバスを使うことになっているから、運転さえしないでこの山を征服した気分になれる。怠惰も甚だしい。

そしてぼくはまたハワイイ、マウイ島のハレアカラの山頂からの光景も見ている。標高三〇〇〇メートルのこの山も（お察しのとおり）山頂近くまで州道三七八号線が通じているのだ。

乗鞍岳では毎年八月の末に自転車によるヒルクライムのレースが行われる。標高差一四〇〇メートルを登って降りる。毎年三千人以上が参加するというから、日本には元気な人が多い。

ハレアカラにはダウンヒルという遊びがある。マイクロバスの後ろに大きなトレーラーをつないで、そこに人数分の自転車を積んで山頂まで行く。参加者はそこからまっすぐ麓を目指して降りる、降りる、降りる。ペダルに力を入れることなく走り続ける。

だが、なんと言ってもいちばん楽な登山法はケーブルカーかロープウェイを使うことだ。

イタリア民謡で誰でも知っている「フニクリ・フニクラ」の歌詞に「〽登山電車ができたので、誰でも登れる」とあるとおり、山は万民に開放された（民謡と言ってもあれはヴェスヴィオ火山の観光促進のためのコマーシャル・ソングだったのだが）。

これまた物好きなぼくは子供の時に乗った箱根登山鉄道を初回として、ケーブルカーかロープウェイを世界各地で体験している。

この二つの違いは見ればすぐわかる。ケーブルカーには地面に敷いた線路があり、ロープウェイは空中に張った鋼索に吊られている。ケーブルカーは山腹を這い、ロープウェイは谷を渡る。しかし駆動方式はほとんど同じで、どちらも車両には動力源がない。固定された基地から伸びるケーブルに引っ張られて動く。二台がセットで、いわゆるつるべ井戸の原理を応用しているところも同じ（一般のエレベーターも似たようなもので、釣り合い重りとケージでセットになっている）。

眺望はロープウェイの方が派手である。宙に浮いてちょっと怖いこともあって、乗った人たちはたいていきゃーきゃー騒ぐ。ケーブルカーの方は地味にひたひたと高度を稼いで、いきなり高いところに放り出される。

ぼくが乗った中で最も標高差のあったのはフランスとスイス、イタリアの国境にあるモンブランの麓。フランス側のシャモニに遊びに行った時に、エギーユ・デュ・ミディという峰のほぼ頂上まで二八〇〇メートルを一気に登るロープウェイに乗った。まるで途中で一度乗り換えるのだが、わずか二十分ほどでこの標高差を登ってしまう。まるでエレベーターだ。

これはちょっと生理的に辛かった。到着したところは標高三七七七メートルだから、高山病の症状が出る。頭がぼんやりして気分が悪くなる。長居はできないからざっと景色を見たらさっさと降りた。

この時はクリスマス時分だったので動いていなかったが、夏だとここからモンブランの横を越えてイタリア側まで行くモンブラン・パノラミックという水平のロープウェイにも乗れるらしい。空から国境を越えてしまう。

今、もう一度乗りたい登山電車。

それはアテネの市内、アクロポリスに面してそびえ立つリカヴィトスの丘に登るケーブルカーだ。標高差は一〇〇メートルくらいと慎ましいもので、あっという間に終点に着く。しかしここからのアテネの町の景色はすばらしいし、上にあるレストランの食事もなかなかいい。

三年あの町で暮らす間に何度となく登った。帰りはゆるゆるとした坂道をのんびり徒歩で帰る。下の駅のすぐ近くにあった友だちのアパートメントも懐かしい。かくも過去は美しい。

ヒマラヤを馬で行く

馬で旅をしたことがある。

ヒマラヤのアンナプルナの北側、だいたい高度三〇〇〇メートルくらいの山の中を馬に乗ってどこまでも行く旅。

ヒマラヤのずっと奥地にあるムスタンという王国に行くのが目的だった（ネパールの国内にこの自治領がある）。そこに至る道は濁流の川を渡り、いくつもの峠を越えて伸びている。この国の向こうはもうチベットだ。

車はおろかオートバイも通れない山道だから馬で行くしかない。そう言われて、馬に乗ってみようと思った。

今の日本に自動車の道路が通じていない集落はたぶんないけれど、世界には車が使えないところが珍しくない。その前にネパールに行った時も山の中の村まで徒歩で行った。その時は途中一泊で済む距離だったけれど、今度は目的地はずっと遠いし地形は格段に険しい。前後三週間の長旅だ。

それまで乗馬などしたことはなかった。ぼくの曽祖父は北海道の日高で牧場をやっていて、草競馬の名騎手だったと聞いているが、だからといって曽孫が馬に乗れるわけではない。

飛行機の終点のジョムソンという町で自分の乗る馬に初めて紹介された時、鞍の高さが自分の肩までもないのを見てちょっと安心した。アジアの馬はサラブレッドのようには大きくないのだ。

で、結果を先に言えば、それから三週間、ぼくは愛馬コロにまたがって、落馬することもなく愉快に旅をした。

馬の旅は実に快適だ。

馬にまたがると、まず背が高くなる。視点が高いというのは、ちょっと偉くなったようで気持ちがいいものだ。ちゃんばら映画で馬に乗った侍が威張る理由がわかる。

次に、馬は自分で動いてくれる。ところどころで指示を出すだけで、あとはただ運ばれるだけ。その分だけまわりの景色を見たり、ものを考えたり、写真を撮ったり、妄想にふけったりできる。こんな楽な乗り物は他にない。

いちばん大事なのは、安全だということ。

道は相当に険しい。木も草も生えていない乾ききった丘の中腹を行くのだ。道といっても踏み跡のようなもので、幅はせいぜい四〇センチ、玉石を敷き詰めたようなところがとりわけ滑りやすい。もしも滑ったら数百メートル転がって、最後のところは数十メートル下の川原まで垂直に落下する。そういう地形なのだ。

そこに強風が吹く。目も開けていられないほどの風が吹きつのる。まるで人を丘から払い落とそうとするかのようだ。

自分の足で歩いていたら、たぶん立ちすくんで、その場に坐り込んで、そのまま動けなくなったと思うが、コロは平気で進んでゆく。足が四本あるから安定しているし、たまにずるっと滑ってもすぐに安定を取り戻して先へ進む。

落ちた時のことなど心配してもしかたがないのだ。そう達観して、なるべく地面の方を見ないようにして、意地と言うかやけと言うか、悠然と胸を張っている。もうロ笛でも吹きそうな気分。それでも平地に着くとどっと安心感が迫ってきて、実はそこまでの間ずいぶん緊張していたことに気づくのだけれど。

いつも身体を垂直に保つのが大事だ。急な登りならば馬体は頭がぐんと高く尻の側は低くなる。そういうところでは鐙《あぶみ》の上に立つような感じで身体を立てる。逆に急な下りではやはり鐙に立って反り返る。

こういうことを書きながら今ぼくはあの旅のことを体感として思い出している。頭が忘れたことを身体は覚えているみたいで、まざまざと蘇る。今すぐにもまたコロに乗りたいという思いがつのる。

時々、乗ったまま馬と会話する——

もう少しだ、がんばれ！
いい気なもんだ。人のことだと思って。
人じゃなくて馬だろ。
もう！　降りてくださいよ。

とコロが言ったかどうか。

話をヒマラヤに戻せば、川を渡るのがおもしろかった。ムスタン王国はカリガンダキ川という川が貫いている。旅の途中で白濁した急流を何度となく渡河した（濁っているのは氷河が融けた水だからだ。氷河は底の岩を削って流れる）。

馬に乗ったまま流れに入る。水は馬の足を濡らし、やがて乗った人間の足も濡らす。一歩ずつ足元を確かめながら進む。激しい流れに横から押されてよろめく。どこまで深くなるのだろうと心配になるけれど、同行のガイドは何度もここを通っているから、この時期の水量を知っている。まず大丈夫とわかっている。

信頼と愛着の仲になったが、まさかコロを日本に連れて帰るわけにはいかない。そう思って泣く泣く別れた。今、あいつはどうしているかな。

ヤギの運搬隊

正確に言うと今回の話題は「のりもの」ではない。どちらかと言うと「のせもの」、つまり荷物を乗せて運ぶ方だ。

世に駄獣、すなわち荷を運ぶ動物は少なくない。

筆頭は馬だが、その他にもロバやウシ、水牛、ラクダやリャマ、ゾウ、伝書鳩も手紙を運ぶし、イヌという例もある（アルプスの救助犬セント・バーナードはコニャックの入った小さな樽を首にぶら下げている）。

ウシの場合は背に積むより牽く方が多いようだが、かつて日本各地の塩の道ではウシの背に積んでの運搬も行われた。

ゾウは背中にハンターを乗せてトラ狩りに行った。

体重に対する積載量で言えば、もっとも優れた駄獣は実はヒトではないだろうか。

山で働く歩荷《ぼっか》さんは一〇〇キロ以上を担ぐ。

もともと人間は二足歩行のおかげで腕を自由に使えるから物を運ぶのは得意だ。四足獣だと口でくわえるか食べてしまって吐き出すしか運搬の方法がない。人間が家で暮らすようになったのは大量の食料を運び込めたからではないか。だからぼくたちは今も鞄やハンドバッグやトランクやリュックサックを手放せない。

ホモ・サピエンスは実はホモ・ハコブスであった。

ここに紹介する獣が運搬に使われるということをぼくは自分の目で見るまで知らなかったし、その後も聞いたことがない。

一九九八年の五月、ぼくはネパールの奥のムスタンという地域にいた。ここはヒマラヤの麓にある王国で、チベットと境界を接している。

車が通れる道はまったくないからぼくは馬の背に乗って旅をした。

標高が高いために草しか生えていない荒れた斜面で向こうから何か小型の動物の群れが近づいてきた。

よく見るとヤギだった。

ヤギのくせに背中に粗い布地でできた荷を振り分けにして乗せている。

その時のことをぼくは小説の中に書いたので、ちょっとそれを引用する――


「来た来た」とブチュンが嬉しそうに言った。

「なんだい、あれは？」と林太郎はたずねた。

「ヤギだ」

「見ればわかるよ。でも、ただのヤギの群じゃないだろう？」

「ヤギ隊だ。ヤギに荷物を運ばせる」

「馬や牛みたいに？」

「そう。一頭ずつが運べる量は少ないが、五十頭もいればなかなかの量になる」

「初めて見たよ」

「他の土地ではあんまりやらないのかもしれないな」

そう言っている間にも、ヤギの群はだんだん近づいてきた。荷を負っているのといないのが半々くらいだろうか。

「ちゃんと言うことを聞くのかい？」

「大体は。もちろん馬のようにはいかない。列を作ったりはしないから。普通のヤギの群みたいに山の斜面をぞろぞろ移動する。後ろから人が追えば、一定方向に進む。草を食べながらだから、速くはないが」

二人はそこに立って、ヤギたちが来るのを待った。ずっと後ろの方に人の姿が見えた。

「何を運んでいる?」

「チベットから来る時は岩塩。いい値段で売れる。戻る時は小麦か米かな。これもいい値段で売れる。それに、ヤギそのものも普通のヤギだから、最後には売れる。どうせ山に連れていって太らせるんだから、その途中でものを運ばせて稼いだ方が賢い。最初に誰かがそう考えついたんだろうな」

「なるほどね」

(『すばらしい新世界』)

こんないい場面を小説に書かない手はない。

一般にはヒツジに比べるとヤギの方が人間の言うことを聞かないとされている。頑固で強情で始末が悪いと言われる。

しかしムスタンで会ったヤギは比較的小型で、群れて勝手に移動しているだけだから強情な性格も発揮のしようがない。縛り付けられた荷が重いとも思わないのだろう。できればこのヤギ隊の後を追ってのんびりと旅がしたいと思ったけれど、こちらも予定があったのでしかたなく別れた。

ヤギ飼いとかヒツジ飼いとか、なぜか理想の職業のように思われる。人間くさいことから離れて山の中で群れを追って暮らす。雨風の苦労はあるだろうが、それでもすがすがしい日々ではないか。

ぼくがヤギに親近感を抱くには理由がある。

北海道の田舎町で生まれて、幼い時にはヤギのミルクを飲んで育った。育ての親なのだ。

いつかそう話したら聞き手が誤解して、裸の赤ん坊がヤギの後をはいはいで追っている図を想像されて恥ずかしかった。そんなことではなく、ちゃんと瓶で飲んだ。

ヤギの首に数メートルの長さの紐を結わいて、その先に鉄の棒を結んで、朝、野原に連れて行く。鉄の棒を地面に刺しておくと、それを中心にした円の中の草をヤギは食べる。翌日はその隣にヤギをつなぐ。つまりヤギが肥《ふと》って雑草は片づくという一石二鳥の飼いかただったのだ。

根が臆病だから危ないことはしない。

しかしまた根が迂闊だから後になって考えると危なく思えるようなことをそれと気づかずにやっていることもある。

前に書いたネパールの山の中を馬で行く旅だって、急斜面の禿山に造られた細い道を馬の背に揺られて進むわけで、馬が足を滑らせたらそれっきり。土ではなく玉砂利を敷いたような路面だから滑りやすそう。だから下を見ないようにして、ぜんぶ馬まかせで知らぬ顔をしていた。

カヤックという舟に乗っていたことがある。

カヌーとカヤックは似ているが、公園のボートのように甲板がないのがカヌーで、カヤックは完全に閉じている。身体と艇体の間もスカートのようなもので塞いでしまうので、内部に水が入ることはない。水中で一回転しても大丈夫（これをエスキモー・ロールと言う）。

カヌーは一本のパドルで左右の水面を交互に漕ぐが、カヤックでは一本の軸の両側に水かきがついたパドルを使う。

人力にしてはなかなか速くて、人が陸上を歩くのと同じくらいの速度が出せる。疲れかたも似たようなもので、だからずいぶん遠くまで行ける。ぼくの友人に内田正洋というカヤック乗りがいるが、彼は沖縄から本土まで渡ったことがある。アメリカ本土からハワイイまで二か月かけて行った人もいるし、休暇ごとに通って北海道一周を達成する人もいる。

ぼくにはそんな実力はとてもない。沖縄で自分の家の前の海を漕ぎ回るくらい。それでもあれは楽しい遊びだった。

カヤックがいいのは荷が積めることだ。沖縄から本土などという場合は途中で食べるものも飲む水もぜんぶ積んで行く。二〇〇キロくらいはなんなく入る。だから沖縄の海で遊ぶ時はピクニック用品を積んでいって無人島でキャンプができる。

そういうことをして遊んでいた時に、流氷の海で漕がないかと誘われた。

場所は知床。時期は二月。仲間はぼくを入れて四人。

飛行機で釧路まで行ってレンタカーで斜里《しゃり》へ出る。舟はあらかじめ送っておいた。

流氷はロシアから来る。アムール川の河口あたりの淡水が凍ってできて、それが海流と風で北海道まで流れてくる。北緯四五度という南の方で流氷が見られるのは日本だけだ。それも温暖化で年々減っているけれど。

カヤックを出すのはむずかしいことではないが、ちょうどいい流氷の状況に出会うのには幸運が要る。早い話が、岸までびっしり氷が押し寄せている時は舟を漕ぐ余地がない。逆にずっと沖の方にいて海岸近くは青い海面という時は無駄に漕がなくてはならない。

ちょうどいいのは近くに適度に流氷があって、その隙間を漕ぎ回れるという場合だ。カヤックを積んだトラックで斜里から知床半島に沿って海を見ながら進む。

峰浜では氷はほとんどなかった。日の出まで行ってもまだ海は青い。もっと先、オシンコシンの滝のあたりでともかく水に入ることにした。ここにしようと決めて、トラックから四艇のカヤックを降ろし、雪の上を滑らせて渚まで行く。
二、三キロ漕いだところで前方に流氷が見えてきた。氷の浮かぶ海を見て、ここへ突入するのかと興奮を覚えた。登山口に立って頂上を見上げる時の気持ちに似ているが、流氷の海の場合はそこに一割くらい恐怖感が混じっている。
水温は〇度前後で、この水の中では人間は十五分くらいしか生きていられない。体表ぜんたいから体温をむしり取られてたちまち骨まで冷え切る。そこへわざわざ小舟で出て行くのだ。酔狂にもほどがある、と人は言うだろう。

だけど氷の間を漕ぎ回るのはおもしろいのだ。沖縄の海で漕ぐ時は遠くに見える島や砂州を目指してひたすら漕ぐ。カヤックは視点が低いこともあって進んでいるという実感があまりない。それがここの海では、あの氷塊まで行こうと思ってぐいぐい漕ぎ進み、そこまで行ったらまわりを一周する。

流氷は薄っぺらではない。いちばん高いところでカヤックに坐ったぼくの目の高さくらいだから、いかにも対峙しているという気分になる。オホーツク海を越えてよく来たなと挨拶したくなる。

流氷は波に洗われて少しずつ溶けてゆく。だから水面のところに段差が生じて、カヤックで不用意に近づくとその段差に舳先を乗り上げて動けなくなる。パドルの先で氷を押して離脱するのだが、その時の揺れがなかなかスリリング。

カヤック原論

カヤックは楽しいということが書きたいのだが、もともと理屈っぽい性格なので、けっこう大袈裟なことになりそうだ。

楽しい話を書いて読む人の共感を得るのは案外むずかしい。体験者は言わなくてもわかっているし、知らない人はいくら説明してもわからない。それならば書いても書かなくても同じじゃないか、ということになってしまう。この壁をどう破るかと考えているうちに、原理論に走ることになった。

カヤックに乗っているとしよう。腕を伸ばし、上半身をひねって、できるだけ前方に入れたパドルで水を捕らえる。伸ばした腕だけでなく全身に力を込めてパドルを引き寄せる。その力に応じて舟がぐっと前に出る。後ろの方でパドルを引き上げる。この動きを左右交互に、着実に、滑らかに、繰り返す。

しばらくするうちに、身体はこの運動に合わせてシフトを変え、いくつもの細かい調整が行われて、すべての筋肉がそのために動きはじめる。舟と身体が一体化する。体内の各部門どうしの交渉があるのか、余計な活動はすべて停止される。たとえば頭は一切むずかしいことを考えるのをやめる。精神と肉体の全部が、漕ぐという作業に集中する。いや、熱中すると言った方がいい。一定のリズムを保って、確実に漕ぎつづけることにだけ専念する。これが一般にハイと呼ばれる状態だ。

これは他のスポーツでもあることだから、知らない人にも納得してもらえるかもしれない。誰にとっても身体を使うというのはそういうことなのだ。昔の囚人のように、重いハンマー一つでひたすら石を割る作業をさせられても、その反復運動の中には、強制労働の苦痛と共存する形で、筋肉を使う快楽も含まれていたはずだ。この矛盾もスポーツをする人がみんな知っていること。


ではぜんぜん違う側からカヤックを説明してみよう。

カヤックは自由である。これがいちばん大事だ。この自由という言葉が本当はどんな意味なのか、それを考えてみたい。

仮に、あなたが海岸に立っていて、水平線に島が見えているとしよう。知らない土地だ。あなたは行ってみたいと思う。これは、宝物が埋まっているとか、うまい食い物があるだろうとか、美女がいるかもしれないとか、そういう具体的な期待のためではない。知らない土地を知っている土地に変えることそのものが知的な快楽だから、既知の世界の境界線を広げることが喜びだから、そう理由から行ってみたいと思うのである。人によっては島が見えなくても、きっと島があるだろうという予想（あるいは勝手な願望）だけで海に乗り出したいと願う。

島に渡る手段はいろいろある。定期船が出ているかもしれないし、漁船を雇って渡してもらうこともできる。モーターボートを買うのもいい。しかし、話の主題は自由である。関わる人間が多くなると自由はその分だけ減る。社会の掌の上で踊らされているだけになる。

遠くに薄紫色に霞んで見える丘まで一人で野原を歩いて行くのと同じように、島へ行きたい。しかし海の上を歩くことはできない。こういう時に歩くように海を渡る手段がカヤックなのだ。

カヤックに乗っていると、本当に海の上を歩いているという感じがする。ちょうど速度も同じくらいだし、疲労の具合も似たようなものではないだろうか。違うのは、カヤックの場合、視点が低いので、あたかも坐ったまま歩くような姿勢になること。舟としては水面が極限まで近い。水の上に坐っているという気分は、豪華客船にはぜったいにないものだ（これがサーフィンだと、水の上に立っている気分になる）。

そしてもう一つ、カヤックは荷を運べるという点も、歩くのとは大きく違う。普通の人が背負って運べる荷はせいぜい二〇キロ、慣れた人でも三〇キロが限界ではないか。それで一日歩いたら相当に疲れる。山の縦走には体力がいる。しかしカヤックは水に浮いているから、重量そのものを人が負担することはない。人は推進力だけを提供すればいいのだ。したがって、一〇〇キロとか二〇〇キロを運ぶのもさして難しいことではない。実際、無人島巡りのキャンプの時など、水まで含めて数日分の食糧とテントや道具類を積み込む。この能力が行動の自由を保証してくれる。

やはり自由という言葉が大事。カヤックは自由である。海の上で、自分の思うまま勝手なところに行ける。しかし、そこにはかならず自分に対する責任がついてくる

(他人への責任はあとから生じる)。この自由と責任のセットが、ことを成し遂げたあとの満足感を生む。

無人島に渡ってキャンプしている時に天候が変わる。前線が接近して空が荒れる。その日のうちには帰れない。翌日帰れるという保証もない。天気の予想を誤ったこと、帰宅が遅れること、いささかの心配を周囲にかけることとの責任は自分にある。そして、そうやって自分の能力の範囲を現実の場で確認する喜びというものがあるのだ。

カヤックは自然の中を移動するという、ヒトが木から降りてヒトとなって以来五百万年の歴史のある行動の基本パターンを、そのまま再現する手段である。近代的な交通手段に慣れたわれわれは、移動とはA地点からB地点へ行くことだと信じて疑わない。しかし、移動がそんなに確実なものになったのはごく最近のことで、本来移動とはA地点からB地点の方へ、なんとか困難を排しながら進みつづけることにすぎなかった。目の前に次々に現れる問題を解決して、あるいは回避して、B地点に向かう。到着は決して約束されていない。

数日かけてカヤックで大きな島を一周するとしよう。天候と潮流、地形、キャンプ地の確保、大きな船の通る航路の横断、楽観的すぎたプラン、食糧と水の補給、小さな怪我や事故や故障、思わぬ疲労、漁船や魚網、生簀、横暴なレジャーボート、忘れ物、官庁や法規、他の仲間との関係……。数日の間にはずいぶんたくさんのことが関わってくる。その全部を自分の力と判断で乗りきってようやく一周は実現する。もう一度同じことをしようと思っても、もうできないかもしれない。一度はやれた。やれる自分であった。

一周したところで内なる満足感以外には何の褒賞もない。そこがいいのだ、と考えるのがカヤック乗りである。

自由なんてつい百五十年ほど前に輸入された言葉だから、今もって日本人は意味がよくわかっていない。束縛からの解放が自由ではない。勝手なことをするのが自由ではない。そんなものはすぐに飽きてしまう。

自分の責任において好きなことをする。それを選べることが自由なのだ。わからなかったらカヤックに乗ってみるといい。なにが起こっても他人のせいにできない状況に身を置く快感がわかるはずだ。

だからといって、カヤックは奮励努力と自己鍛錬の道具ではない。全体としては実にゆるやかな、のんびりした、舟遊びだ。すべて自分で決めるのだから、のんびりという方針を選べば、いくらでものんびりできる。ともかくどんな風に乗ってもあなたの勝手。家出して川の中洲で仲間たちとキャンプ生活をしたトム・ソーヤーの気分。

この先は性格の問題だから、人によって評価が違ってくるけれども、ぼくはカヤックというスポーツに勝ち負けの概念がないことが気に入っている。だれそれがどこの海峡を渡ったから俺もとか、あいつがあそこを三日で行ったのなら俺は二日でとか、そんな話は聞いたことがない。海というあまりに大きなものを相手にしているせいで、人どうしの競争などまるで意味がなくなってしまう。一日ごと一時間ごとに条件が変わるフィールドではいかなる競争も成立しない。仲間と漕いでいて、キャンプ予定地の島への先陣争いをするのが精一杯。勝負が決まっても、五分後にはみんな忘れている。

少しは具体的な話をしようか。

沖縄に住んで五年目に都会から田舎に引っ越した。海がとても近くなり、家に舟が置けるようになった。すぐそばに本当に小さな漁港があって、海に出られる。沖合い四キロほどのところが環礁で、その内側は静かな礁湖（沖縄の言葉ではイノーという）。

夏はここで遊べる。カヤックで礁湖の中ほどまで行って、アンカーを入れて、その周囲でシュノーケルで潜る。潮が引いた時に沖の洲に渡って、タイド・プールを見て歩く。不得手かつ経験不足ながら釣りを試みる。無人島に上陸して一日ごろごろしている。仲間と一緒に島から島を巡るような遠征のほかに、こうやってカヤックを足に家の前の海を歩いてみる。

魅せられた旅人

乗り物が好きだと公言するのは、大人の場合、いささかの勇気がいる。子供っぽい性格だと思われる危険がある。

しかし、好きなんだなあ、乗り物。

自分の身を何かに預けて移動するのが嬉しくて世界のあちこちで乗ってきた。これまでずいぶん変なものに乗ったし、これからも機会があれば、あるいは機会を作ってでも、変なものに乗るだろう。

とはいえ、今回はまだ乗ったことがない、この先も実現の可能性がずいぶん薄い、夢のような乗り物の話。

その乗り物とは大きな浮氷だ。

タイタニック号ではなく、それを沈めた氷の方に乗る。

海流まかせ風まかせの長い航海。

それを実行した人たちがいて、ぼくはその話を小学生の時に読んで、いつかそんなことができたらと憧れ、半世紀を過ぎた今になっても憧れている。

まずは事実を見よう。

一九三七年の五月二十一日、イワン・ドミトレウィッチ・パパーニンを隊長とする四人のソ連の科学者が飛行機で北極点の氷の上に降り立った。科学観測のための基地設営が目的。四機の輸送機で、テント、衣服、食料、研究用の機器、通信機、発電機と燃料などの資材を運び込んだ。後は流れに任せる。

北極に人が行ったのは案外遅かった。一九〇九年にアメリカのピアリーが到達したとされているが、実は行っていないという説もある。記録は捏造だったかもしれない。

一九二六年の五月にアメリカの探検家バードが飛行機で北極点に到達し、その数日後にはアムンゼンが飛行船で到達しているのだが、どちらも上空を通過したと宣言しただけで氷の上に降りたってはいない。

よく知られているように、北極のあたりはずっと海だ。大陸の真ん中にある南極とはずいぶん違う。それでも氷はある。一面の氷。降り立つことができる。

パパーニン隊は極点にあった直径一キロ、厚さ三メートルほどの浮氷を基地とすることにした。これだけ大きくて厚いと氷の上でも大きな飛行機が着陸できるらしい。でもそれはわかっていたのかな、と考えると恐い。着陸の瞬間はずいぶん恐かっただろう。

資材が降ろされ、テントが張られ、飛行機は帰っていった。彼ら四人はこの氷の上で翌年の二月十八日まで、二百七十四日を過ごす。

極地の探検は死を賭した大冒険だったはずだ。実際、北西航路を開こうとしたフランクリン隊とか、南極点を目指したスコット隊とか、帰らなかった探検家は少なくない。アムンゼンも最後は行方不明になった。

だけど、パパーニン率いる四名はさしたる切迫感もなく、ずいぶん愉快にこの長旅を過ごしている。気温はいちばん下がっても零下一〇度くらいで、南極の内陸部に比べるとずっと穏やかだ。冬の札幌程度だろうか。

氷に穴をあけてケーブルを垂らして、水深四二九〇メートルなどと計測する（そのケーブルを人力で巻き上げるのに交替で六時間かかったりして）。その他いろいろな科学観測を日々忙しく行う。時代が変わって極地はもう探検ではなく観測の地になっていた。

南極のスコット隊などとのいちばんの差は無線でいつも連絡が取れたことだろう。孤絶感がないし、いざとなったらすぐにも飛行機が来てくれる。

四人の漂流探検はソ連でけっこう話題になったらしい。「ママ、どこにいるの？呼出信号を知らせてね」とか「諸君、そう押したもうな、おれは流されるよ」とか、このニュースがらみの言い回しが流行したとか。

生物標本を保存するためのアルコールを輸送機が基地に忘れてきたので、コニャックから抽出することになった。「わたしはそんななさけない仕事をとてもまともに見ていられなかった」と無線士のクレンケリは書いている。いちばん近い酒屋まで何千キロというところでコニャックを無駄にするのだから、たしかにもったいない。

氷に乗った北極圏の旅はおもしろいけれど、人間が運転できないものを乗り物と呼べるだろうか、と疑問に思った。

しかし、乗客という立場から言うとたいていの乗り物は自分で針路を決められるわけではない。それ以上に、知っているところに行くのは移動であって旅ではない。角を曲がったとたんに見も知らぬ光景があるから散歩も、旅も楽しい。

ぼくの体験で言えば、スーダン国内でナイル河を船で遡上した二週間の旅がそうだったし、ヒマラヤ山麓を馬で行ったムスタン王国への旅もそうだった。行ってみるまで何もわからない。毎日が驚きの連続というのが旅だ。

もっと身近な旅でもいい。朝、衝動的に思い立って車を出し、家から三〇〇キロのところへ日帰りのつもりで行く。そこが知らない土地ならそれだけで冒険であり探検ではないか。日帰りで済まなくなればいよいよおもしろい。予定も何も放り出して、どんどん先へ行ってしまう。ロシアの作家レスコフの傑作のタイトルを借りるならば『魅せられた旅人』になりたい。

パパーニンたちは二〇〇〇キロを超える海流まかせの航海をして、最後はグリーンランドの東岸沖で砕氷船に救出された。

癖になったか、彼らはこの種の旅をあと三回繰り返している。

II

ぼくはDC－3に乗った！

その日曜日の午前中、ぼくはロサンジェルス郊外の町ポモナの飛行場にいた。飛行場であって、決して空港ではない。つまり定期便は飛んでこない。

さきほどからたくさんの飛行機が上がったり降りたりしている。どれも小さい。軍用機ではないからさすがに単座（一人乗り）はないが、二人乗りから四人乗りまでがほとんどで、一機だけ八人ぐらい乗れる双発のいわゆるビジネス機が降りてきた時にはずいぶん大きく見えたものだ。

二人乗りの小さな飛行機が誘導路をやってきた。パイロットの席に高校生くらいの男の子が坐って操縦桿を握り、隣に父親とおぼしい男が乗って離陸前のチェックを手伝っている。ほほえましい光景だ。

この小さな飛行場で見かける飛行機の大半は自家用機で、実用でなく飛ぶ楽しみのために飛んでいる。親が子に操縦を教えるという場面もあるわけだ。「あいつ、こんな長い滑走路を目一杯使って」と、ぼくの隣に立ったデヴィッド・コスタが笑って言った。小さな飛行機が滑走路の端まで長々と滑走してからようやく機首を上げ、のろのろと空に這い上がっていくところだった。離着陸は地上のみんなに見えるから、腕前が知れる。批評も出る。小さな飛行場だから顔見知りも多い。和気藹々の日曜日の朝。

ここにいると、アメリカ人がいかに飛行機好きかよくわかる。実際、この国の飛行機事情というのは、ずいぶん飛行機が好きなぼくが日本で想像していた以上だった。週末にヨットに乗るのと同じような気分で飛行機に乗る。五〇〇キロ離れた町に食事に行く。飛行場のレストランの壁には「中古機売ります」のビラが貼ってある。一九五六年製の手入れのいいセスナ172が二万六千ドル。そういう国なのだ。

しかし、ぼくがその朝乗ってきたのは小さな飛行機ではなかった。ぼくの背後に悠然と駐機している優雅な機体は、ダグラスDC-3。二十一名の乗客を運べる双発の旅客機である。

ぼくはわずか三〇キロほどしか離れていないコロナの飛行場からここまで、この大きな飛行機で飛んできた。乗ることが目的だった。ただただDC-3に乗りたいばかりにはるばる日本から来たのだ。DC-3はそれほどの名機であり、二十世紀の歴史を作った飛行機である。

歴史的役割のことは後に述べるとしよう。ぼくはずっとDC-3は本当に美しい飛行機だと思ってきた。丸っこい機首からそのまま優雅にふくらんでまた後部でゆったりと絞り込まれてゆく胴体、やはり丸みを帯びた垂直尾翼の形、胴体とエンジン・ナセルの太さの比。直線部分が多いのにふっくらと見える主翼。ちょっと頭を上げた地上での姿勢。こんなに飛行機らしい飛行機があるだろうか。

これこそ完璧な形。メエ・ウェストとかジェーン・マンスフィールドとか、あの時代のあのタイプの女優の豊満な姿態を思わせるものがある。

二時間前、コロナの飛行場で、明るい朝の日射しにまぶしく輝くジュラルミンの機体を眺めて、ぼくはけっこう感動していた。ようやく会えたのだ！

周囲を回って見たいだけ見られるばかりか、撫でてもさわってもいい。あと何分かしたら、これに乗って飛べる。四十年のあこがれが実現した瞬間だった。

後ろに回ってみると、尾翼の要所々々に「フライト前に外すこと」という赤いタグの付いた留め金具が装着してある。地上にいる時、突風で舵面がばたついて壊れたりしないためなのだが、実に原始的な、しかしミスの出ようのない確実な方法である。

エンジンは星型七気筒を二段に配置した全十四気筒のプラット・アンド・ホイットニー製空冷一二〇〇馬力。双発。カウリングの内側にシリンダー冷却用のフィンが見える。オートバイのエンジンをずっと大きくしたよう。

飛行機ってこういうものだよな、と思う。エンジンの力でプロペラをぶんぶん回して、その力で風を作って、自分が作った風に乗って飛ぶ。コンピュータで飛ぶわけではない。風の力を操縦桿に感じながら、それを人の腕の筋力で制御しながら飛ぶのだ。

そろそろ飛ぼうかということになって（そういういいかげんなフライトだったのだ）、後部の入り口から機内に入った。その先が今の旅客機とちょっと違う。床が平らでない。さきほど地上では頭を上げた姿勢でいると書いたが、そのせいで床は前の方に行くにつれて高くなっている。坂を登る感じで自分の席につく。

機外のあちこちに装着された「フライト前に外すこと」の赤いタグをすべて外して

収納した副操縦士のデヴィッド・コスタがコックピットに入った。操縦士はジョン・パパス。

離陸前のチェック・リストの読み上げが進み、やがて、まず左側、次に右側の順序でエンジンが始動した。

ぼくは席に着いてシート・ベルトを締めた。プロペラが回り、ブウォーンという音と一緒にピストン・エンジン特有の振動が伝わる。いよいよ飛ぶぞという武者ぶるいのようで、いかにも肩に力が入っている感じ。

誘導路から滑走路に出る。所定の位置についたところでエンジン音は一段と高くなった。やがて踏ん張っていたブレーキが緩められ、機体は解放されて走りはじめる。エンジンが精一杯の力を出し、それに応じてじわじわと速度が上がっていく。まだまだ、焦ってはいけない。

最初に尾翼の方が上がって、床が水平になった。それからエンジン音はいっそう力強くなり、窓の外の風景が流れて、ようやく、ふわっと機体が浮いた。

飛んだ。ぼくが乗っているＤＣ-３が離陸した。地面が離れていく。あんなに大きなものが、ちゃんと風に乗って飛んでいる。まるで自分がライト兄弟になったような気分。

滑走路を離れた機はぐんぐん上昇する、と書きたいところだが、今のジェット旅客機と違ってＤＣ－３はそんなエレベーターのような昇りかたはしない。あくまでも悠然と、いそがずあわてず、高度を上げる。

そして五〇〇メートルくらいでもう水平飛行に移った。空にぽっかり浮いているという感じ。

地面が近い。エンジン音と風を切る音が同じくらいの大きさに聞こえる。目の下に片側四車線の幅の広い高速道路とそこを走る車の群れが見え、一軒ごとに裏庭にプールをちまちまと備えた建売住宅の団地が見え、遠くには緑の少ない乾いた山が見える。

ぼくは、生まれて初めて、ＤＣ－３に乗っている。

最初に乗りたいと思ったのがいつだったかは記憶にない。子供のころから飛行機が好きだったし、このＤＣ－３のこともよく知っていたが、あのころの子供にとって飛行機に乗るというのは夢のまた夢だった。

実際に飛行機で旅行をするようになってもなかなかＤＣ－３には出会えなかった。

戦後しばらくの間は世界中どこへ行ってもこれしか飛んでいないというほど使われたのに、ぼくはその時期に間に合わなかったのだ。

ぼくが旅をはじめた一九七〇年代、旅客機の主力はもうダグラスＤＣ‐８やボーイング７２７に移っていた。やがてボーイング７４７がジャンボというあだ名とともに登場した。ＤＣ‐３を見ることはほとんどなかった。

それでも、チャンスがなかったわけではない。一九七八年、アフリカ。ぼくはナイロビにいて、ヴィクトリア湖畔のキスムという町へ行くところだった。交通機関としてはバスと飛行機がある。風景が間近によく見えるという点ではバスの方がよかったのだが、時刻表を見ると飛行機はＤＣ‐３だった。

こんな幸運を逃す手はない。キスムに飛行機で行って、風景は帰りにバスから見ればいい。ぼくはそう決めて、予約を入れ、いそいそと空港に行った。ところがいざ乗ろうとすると、今日はお客が少ないから機材をアイランダーに代えたという。勝手に代えるなよ！

かくてアフリカのＤＣ‐３はぼくの手の中からするりと逃げ出してしまった（それでも、その日は雲一つない晴天で、視野の広いアイランダーの前席はグレート・リフト・バレーの壮大な地形を見るには最適だったのだが）。

そのあともずっと気にしていたのに、なかなか乗る機会はなかった。まだ飛んでいるという話ばかりがちらほら聞こえてくる。南米やアフリカではまだ定期便で飛んでいると言われても、そこまで行くのが大変。

実物を間近に見て、機内に入ったことはある。一九九五年にバハマに行った時、島のはずれのさびれた飛行場の隅に、ＤＣ－３が一機、打ち棄てられているのを見つけた。ずいぶん傷んでいる。中に入って、斜めの床を操縦席まで登っていって、計器盤をながめたり、操縦桿に触ったりした。

地元で聞いた話では、南米から麻薬を積んでアメリカに向かう途中で給油のために降りたところを、事情を察知した警察が捕らえて機体を没収したのだという。ぼくはたしかに機内に入ったし、それなりの感激もあったが、飛ばないのだから乗ったとは言えない。

そんな時に、アメリカでＤＣ－３を一機所有して飛ばしているクラブがあると聞いた。趣味として数人で飛行機を持って飛ばすのは珍しくないが、ＤＣ－３となると話が大きい。ぼくはここで乗せてもらうことにした。そのために今回ロサンジェルスまでやってきたというわけ。

この「ドリーム・フライト」というクラブを主催するのは、今日も操縦桿を握ったジョン・パパスという男。会って話を聞いてみると、ただの趣味人ではなかった。アメリカ人の飛行機好きをよく承知していて、半ば趣味でＤＣ－３などを飛ばしながら、しっかり元を取って、もっと飛行機を増やすことまで考えている。遊びがそのままビジネスに育っていきそうというところがアメリカらしい。

定期便でなくてもＤＣ－３はいろいろなお客を乗せて飛ぶ。もっとも多いのは遊覧飛行。この日、ぼくたちはコロナからポモナまで飛んで来て（この間はお客はなし。ぼくは無料の賓客という扱い）、飛行場で一人四十ドルの遊覧飛行のお客を募った。残念ながらこの日は成果ゼロだったが、一人一ドルで機内を見学する飛行機ファンは数十人いた。中には第二次大戦中にこれを飛ばしていたという老兵がいたりして、話がはずむ。

普段は会社に貸すというのが多いらしい。自動車のディーラーが車を買ったお客を招待して機上パーティーをするとか、商談の場として使うとか、いろいろあるようだ。

機体にその会社のマークを描いてPRをするような独占契約をジョンはねらっている。コマーシャル撮影に使えないだろうか。映画の中に登場させることはできないか。

要するに、アメリカではDC-3はそれ自体が話題なのだ。乗ってみたい、乗ったことがある、満月の晩のロマンチックな夜間飛行、銀婚式を機内でやった。アメリカ人はみんなそういう話が大好きなのだ。この飛行機はそれほど広く知られ、みんなに愛されている。

操縦したいというお客も少なくない。自家用機の操縦免許を持っている者は多いが、大半は単発機。双発の免許を取得するための練習や検定をDC-3でやる。これがまたずいぶん人気があるのだ。そこまでしなくても、脇に正規のパイロットに乗ってもらって、体験として一回操縦するだけでも楽しい。自分はDC-3を飛ばしたことがあるというのは、飛行機仲間ではずいぶん自慢になることらしい。

なぜそれほどの人気なのか。アメリカ人にとって、DC-3というのはすべての飛行機の基本形なのだ。ぼくはさっきこの飛行機のふっくらとした機体のことを書いたが、あの形が連想させるものがグラマー女優以外にもう一つある。コカ・コーラの瓶。

あのクラシックな形のコカコーラは今はもう珍しいけれど、しかし缶になってもあの瓶の絵は描いてある。あのふくらみ、あの掌へのなじみかたと安定感、どこかやぼったい、重たい感じ。あれはデザインとして傑作である。

まったく同じことがＤＣ-３についても言える。このもったりとした優雅な姿はデザインとして優れている。二十世紀半ばから、これが飛行機というものの基本形として人々の頭に焼き付けられている。

その後、ＤＣ-４から後、旅客機の胴体はずんどうになった。どこを切っても同じ太さ。長い機体を低コストで作れるのはいいが、しかし美しくはない。ちなみに史上もっとも美しい飛行機と言われたロッキード・コンステレーションの人気の理由はやはり胴体の曲線（と三枚の垂直尾翼）にあった。

話をＤＣ-３に戻すと、あの形がアメリカン・スタンダードになった理由の一つとして、たくさん作られて人の目に触れたということは無視できない。第二次大戦の時に軍用輸送機として大量に作られ、戦後になってそれが民間に放出された。終戦までにアメリカで少なくとも一万一千機が製造された（その他にソ連でのライセンス生産が二千機あったという）。

そんなに作られた理由は明快、傑作機だったのだ。もっとも使いやすいサイズで、充分な速度と航続距離を持ち、頑丈な構造、メインテナンスも簡単という質実剛健な実用機。

この飛行機の初飛行は一九三五年である。飛行機も他の工業製品と同じで、傑作と失敗作がある。華々しくデビューしても消えてゆく飛行機は多い。強い材料と、強力なエンジン、優れた空力的設計技術、市場の熟成、そういう条件がすべて満たされた時に傑作が生まれる。一九七〇年代からはボーイング747が広く普及して長く使われた。

DC-3の場合は、初期の実験段階が終わって、近代的な旅客機を作る技術がすべて整ったところで、満を持して登場したという感じだったのだろう。全金属製の機体、信頼性の高いエンジン、二十一人という適当な乗客数、快適なキャビン、三〇〇〇キロを超える航続距離。これで飛行機は大衆の日常的な旅行の手段になった。

一九三六年からの五年間でアメリカの民間航空は六倍に成長したが、それを支えたのはDC-3だった。市場が熟していたところに完璧な機材が投入され、みんなが歓迎したのだ。

もともとアメリカは広い。都市は散らばっていて、鉄道や道路で結ぶにはお互いにずいぶん遠い。同じカリフォルニア州内で、ぼくたちが隣町のように思っているロサンジェルスとサンフランシスコの間が実は五〇〇キロ以上ある。東京―大阪よりも遠いのだ。つまり、アメリカというのは飛行機がもっとも活躍できるサイズの国であり、その意味では建国以来だれもが飛行機の登場を待っていたと言えるかもしれない。

改めて考えてみると、ライト兄弟がキティホークで数百メートルの動力飛行に成功してからDC-3の初飛行までは三十二年しかたっていない。飛行機はそんなに速やかに成長したのだ。

DC-3は、戦前、民間航空で広く使われ、その安定した実績があったからこそ、戦時に一万機以上も作られた。第二次大戦でアメリカを勝利に導いた二つの兵器として、よくジープとDC-3（軍用機としてはC-47と呼ばれ、イギリス軍ではダコタと称された）が挙げられる。どちらも戦闘ではなく輸送の手段であり、いわば戦力の土台だった。頂点よりも裾野が大事。やはり戦艦大和とゼロ戦だけではダメだったのだろう。

ポモナからまたコロナに帰る時になって、ぼくは空飛ぶDC－3の姿を外から見たいと思った。朝の飛行ではT－6という縦列複座の練習機の後部座席に同行のカメラマンが乗ってきた。帰りはぼくがそちらに乗せてもらおう。この飛行機は、前に乗った操縦士の頭で視界が邪魔されないよう、後ろの席が後ろ向きに設置してある。風防は開けっぱなし。

これがまた楽しかった。これもまたよく飛んでいると感心するほど古い飛行機で、あちこち原始的だがその分だけ空が近い。上にあがってから試みに風防の外へ手を出してみる。風圧は思ったよりずっと強く、手首までが精一杯、それ以上出すと腕をもぎ取られそうになる。飛行速度を少なめに見積もって仮に時速二五〇キロとしても（DC－3の巡航速度は時速三三〇キロ）、対気速度は毎秒七〇メートル。記録的な超大型台風の風速と同じである。その風の力でこの重い機体が空中に浮いているのだと考えれば、手が取れそうになるのも無理はない。

そして、空中で一〇〇メートルの近距離から見るDC－3はまたいちだんと美しかった。飛行機というのはやはり飛んでいる姿がいい。ジョン・パパスはさぼってランディング・ギアを引き上げてないが、わずか十五分の飛行なのだからそれはいいとしよう。広い視野の中でＤＣ‐３はむしろ小さく見えたけれども、その分だけけなげに見えたとも言える。元はグラマー美人だったアメリカのおばさんが、まだまだ元気で、どこまでも飛んで行くという感じ。

ぼくはそのＤＣ‐３に向けて、小さく手を振った。

翌日はサンタ・モニカの飛行場にある航空博物館に行った。サンタ・モニカはほとんどロサンジェルスの一部のような町で、この飛行場はＤＣ‐３の初飛行の地でもある。一九三五年十二月十七日、当時はクローバーフィールドと呼ばれていたここの滑走路から一号機が離陸した。

今行ってもそのころを偲ぶものはないが（ダグラス社はもうここから撤退してしまった）、博物館の隣にあるレストランは「ＤＣ‐３」という名になっている。そして博物館の中は飛行機の実物と、写真と、ジオラマと、模型が並び、子供たちが歓声をあげて走りまわり、すぐ外には小型機がぶんぶん飛びまわっている。アメリカという国の若さ、子供っぽさが実にいい形で現れている。

ＤＣ‐３はこの先どれくらい飛びつづけるだろう。一九八〇年代のはじめころ、まだ五百機が飛んでいると言われた。今ではさすがに定期便での使用はないようだが、しかし、ジョン・パパスのような熱心な男とそれを支えるファンたちがいれば、飛びつづけることはできる。

パーツはまだある。パパスの右腕のデヴィッド・コスタは、先日オンタリオ州かどこか、とんでもない僻地の政府の倉庫からDC－3の新品の尾輪が二十本出てきたと話してくれた。ダグラス社はまだ交換部品を保持しているようだし、四機そろえて、三機を飛ばしながら、残る一機をパーツ用に分解して使っていくという方法もある。小さな部品なら自作も可能。クラシック・カーのファンがみんなやっていることだ。

あと十年二十年三十年たってもまだ飛んでいるとしたら、その時にまた乗りに来ようか。そう考えながら、ぼくは博物館を後にした。

一人で空を飛ぶ日

それは不思議な光景だった。

山の上、数百メートル下に牧場や道路や畑や人家を見下ろす断崖に、彼女は立っていた。半ば目を閉じ、全身で風を探っている。

しばらく待った後、正面からの滑らかな安定した風を感じ取った彼女は、慣れた動作で大きな翼を拡げ、崖を駆け下りる。数歩も行かぬうちに彼女の身体は音もなくふわっと宙に浮いた。

ぼくはアホウドリやイヌワシを擬人的に「彼女」と呼んだわけではない。相手はNさんという正真正銘の人間の女性。またこれは宮崎アニメの一場面ではないし、彼女はメーヴェに乗ったナウシカではない。先ほどまで普通にぼくと喋っていた人が、目の前を自在に飛んでいる。

空中に飛び出してしばらくの間は少しずつ高度を下げ、いずれその姿は地上の風景の中に溶け込むかと思われたが、あるところからぐんぐん上昇して、その姿は山頂のぼくが見上げるほど高いところまで行った。

彼女が今、広い空でやっていることは「飛ぶ」としか言いようのないことだ。いったいいつから人間は飛べるようになったのだろう。


ぼく自身は飛んでいない。

山の上で、地面の上に立って、空飛ぶ彼女を感心しながら見ている。しかし、その一方で心はなかば飛ぶ人に同化している。数百メートル先で宙に浮いて気流に乗っている自分を想像している。

その想像は決してむずかしいことではない。ほぼ同じ高さから地上を見て、ほぼ同じ風を感じているのだ。明日は自分もあのように飛ぼうと思うのは当然ではないか。

ここでは飛ぶことは夢想ではない。

彼女を運んでいる翼は、パラグライダーと呼ばれるものだ。実際には彼女はこの翼を拡げているのではなく、拡がった翼にぶら下がっているというべきだ。この飛翔体は、正面から見ると開いた扇の形に見える。上に翼の円弧があり、要《かなめ》の位置に人がいる。何十本かのラインが両者をつないでいる。

この翼は実に巧妙にできていて、要は布を縫い合わせた薄い広い帆のようなものだ。硬い部分はまったくない。それが風を受けるとふくらんで、翼の形になり、揚力を生む。人の身体を宙に浮かせ、思う方へ進ませ、最後には安全確実に地上に降ろす。


翌日の朝、ぼくはおそるおそる飛ぶ練習を始めた。

場所は前の日の彼女が降りた場所、つまり「ＪＭＢルスツ　パラグライダースクール」の着陸場兼練習場である。元は牧場だったという草地で、わずかに傾斜していて、一部は小高い丘になっている。この丘は練習に役立つよう土を盛ってわざわざ作ったものだという。

この草地に、風に正対する向きに立つ。布でできた翼はキャノピーと呼ばれるのだが、そのキャノピーがぼくの背後の地面に正しい形に拡げてある。

キャノピーの各部から伸びたラインはまとめられてぼくが身につけたハーネスに結ばれている。その一部、正確に言うとキャノピーの前縁につながったラインの束をぼくは手で握っている。この束がライザーだ。

問題は風だ。ちょうどよい強さの風が正面から吹いていなければならない。じっと立って風を待つ。少し先の木の梢など見て、風の動きを読む。

脇に立ったインストラクターのH君が「よし、ライザーを引いて、走る!」と叫ぶ。腕ではなく全身の重みを懸ける感じで前傾姿勢になって足を踏み出す。

ここでキャノピーは地面を離れてぼくの頭上に拡がり、風をはらんで美しい形に展開しているはずなのだが、残念ながらぼく自身には見えない。こちらはただハーネスに掛かる力に抗しながら前に進むだけだ。

飛行機の翼がただの板でないのと同じように、キャノピーも一枚の布ではない。二枚を重ねて縁を縫い合わせ、縦方向に仕切が入っている。大事なのは前縁の部分に穴が開いていることだ。ここから入った風の力でキャノピーは正しい翼の形にふくらむ。硬い材を一切用いないでも翼が作れる。そして、ラインを通じて人の体重の分だけ下向きの力がかかることで安定し、一個の完璧な飛翔体が生まれる。

実際、この翼型はとても安定したもので、一度空に出たら突風などでもまず崩れることはないし、崩れてもすぐに自動的に元の形に戻る。

ぼくが苦労したのは、最初にキャノピーを起こす時についつい腕の力で引いてしまうことだった。これをやると左右のバランスが崩れて、キャノピーは正しい形に展開せず、つぶれてしまう。うまく左右均等に風が入れば、あとは自分が走ることで翼型を維持できて、そこから揚力が生じる。

揚力！

そう、目的は布を引っ張って走ることではなく、飛ぶことだった。何回か失敗を繰り返した後、なんとかキャノピーをうまく展開できるようになった。

H君はぼくのスタート地点を少しずつ高いところに導く。一〇メートルほどの高度差のある丘の上から、うまくキャノピーを開いて駆け下りた時、足が宙に浮くのを感じた。いや、地面がすっと遠くなって足が届かなくなったというのが正しい。

飛んでいる！

キャノピーがぼくの体重を支え、ぼくは滑空している！

これは快感だった。これで右に左に操縦できれば、そしていつまでも地面に着かなければ、ぼくは鳥と同じということができる。

しかし、数十メートルの夢の初飛行の後、残念ながら地面がせり上がってきて、ぼくの足はまた土に接触した。高度の方はせいぜい二メートルか三メートルだっただろう。

もしもここで地面が何百メートルも下にあったら、ぼくはずっと飛び回っていられたはずだ。だからこそ昨日のNさんは標高七〇〇メートルの橇負山《そりおい》の頂上から飛んだのだった。

しかし、これだけの話ならば、パラグライダーは長い長い滑り台と変わらない。最新のキャノピーの沈降率は約十分の一、つまり一〇メートル進んで一メートル降りるくらいだから、標高差が五〇〇メートルあれば五キロは飛べる。時速三〇キロとして飛行時間は十分ほど。

パラグライダーはそんなに単純な遊びではない。初歩の段階は比較的簡単で、練習を重ねれば四日目にはぼくも橇負山の頂上から飛べるという（これは次回の課題）。飛ぶことはむずかしくない。大事なのはいかに高く、遠く、長く、飛ぶかだ。

Nさんはぼくの目の前で離陸して、そこから更に高い空に上がった。動力のないパラグライダーがなぜ上昇できるのか。

大気の中にはさまざまな動きがある。普通は横方向の空気の動きを風と呼んでいるが、それとは別に上下の動きもある。上昇気流に乗れば、エスカレーターに乗ったように高いところへ連れていってもらえる。

地面に温度差があると、そのすぐ上の空気にも寒暖の差が生じる。温かい空気は相対的に軽くなり、上に昇る。沸騰するやかんの底から昇る泡のように、いわば空気の泡がふくらみながら昇ってゆく。

サーマルと呼ばれるこの泡から外へ出ないように旋回していると、パラグライダーはどこまでも上昇できる。

これとは別に、山の斜面にぶつかって吹き上がる風に乗って昇ることもできる。

今年のゴールデンウィークはとりわけ条件がよくて新記録がたくさん出たと、このスクールの校長である青木章市さんは話してくれた。橇負山から飛んで二八〇〇メー二〇〇〇メートルまで昇った人がいたという。二〇〇〇メートル以上の高度を稼いだわけだ。

長く飛んで高度が下がるたびに新しいサーマルを見つけて上昇を繰り返せば、いくらでも遠くへ行くことができる。クロスカントリーと呼ばれるこの種の競技でも三〇

○キロ以上という記録が出ている。世界記録は四〇〇キロを超えるそうだ。

機材が発達したので飛ぶこと自体はさほどむずかしくない。しかし風を読み、地形を読み、気象条件のすべてを読んで良いフライトをすることはとてもむずかしい。練習場から橇負山を見上げながら、スタッフは細かく気象を見ている。インターネットの大づかみな予報に、目で見た空の状況を重ね合わせる。あの雲が来たから間もなく風は西に回るはずだよなどと、まるで空を解釈しているような会話が仲間どうしで続く。

雲が湧いている下には上昇気流がある。温かい空気は昇りながら膨脹して温度をさげる。露点以下になると水蒸気が水滴になって析出し、雲になる。

だからと言ってやみくもに雲の下に入ってゆくと乱流に翻弄される。それよりは地面の状況を読み、トビやカラスの動きを見て、穏やかなサーマルを探す方がいい。自然が決めてくれた条件の中で、それぞれの能力と判断力を試す。どうしたって謙虚にならざるを得ない。風を相手に喧嘩はできない。

そのような姿勢を共有する人たちが集まるから、このスクールはとても雰囲気がいい。みなの話を聞きながら、数十メートルの体験フライトをしただけのぼくも気分がよかった。ここには教え合って琢磨しながら驕《おご》らないという、よきクラブの空気があった。

次の日は風が強すぎて、もう一歩先のレッスンをすることはできなかった。この次はたっぷり時間を用意してきて橇負山の上から飛ぼう。

一人で鳥になってみよう。

飛行機と文学

子供の読書というのはだいたい手当たり次第なもので、一人の作家のものを探して読むなどということはしない。いろいろ読んでいるうちに『星の王子さま』に行き当たった。これが小学校の半ば。

中学生になって、新潮文庫に同じサン・テグジュペリのものが三点あることを知って、なんとか手に入れて、読んだ。読書が系統化された初めで、いわば大人の本の読みかたになったわけ。

その時は『夜間飛行』がいちばんおもしろかった。文学の中の地名の魅力に気づいたのがあの本だったと思う。その次が『人間の土地』。それに比して『戦う操縦士』はとっつきにくかった。今はこれがいちばん感覚に合うのだけれども。

ぼくはサン・テックスに文学者のモデルの一つを見ていたような気がする。つまり文学一筋ではなく、他の分野で何か意味のある仕事をして、その成果を文学に持ち込むというやりかた。大学で理系に行った理由の一つはそこにあった。

ただし、サン・テックスは一流のパイロットであったが、ぼくは理系の研究者にはなれなかった。小説の中で主人公の職業を比較的くわしく書くのは、仕事が人と世界の出会いの場であるという『夜間飛行』と『人間の土地』の基本思想の影響かもしれない。

あと、飛行機が大事な役を果たす小説として好きなのはフォークナーの『パイロン』(『標識塔』という訳名もある)。一九三〇年代アメリカの曲芸パイロットたちの話で、大作ではないけれど、言ってみれば複葉機の匂いがする。

もう一つはジョゼフ・ヘラーの『キャッチ22』。第二次大戦中にイタリアの島の基地からミッションを繰り返す爆撃隊の話で、ナンセンスと不条理が制度化される現代を描いてうまい小説だった。

エンターテインメントの航空小説もずいぶん読みあさったけれど、9・11からこちら、その種のものにまったく関心が向かわなくなった。

歩く快楽と町の選択

何かで読んだ記憶があるのだが、どうも出典が思い出せない。要するに人間の二足歩行というのはずいぶん優れた移動法であって、馬などの四足歩行よりもエネルギー効率がいいという話。歩く時、ヒトの脚は力学でいう振り子運動をしていて、位置エネルギーと運動エネルギーをたくみに交換しながら、身体を前へ前へと押し出している。

だから背筋をすっくと伸ばして大股で歩くのは気持ちがいいのだ。この気持ちのよさを味わうのに最もふさわしい環境は実は都会の平坦な道である。

昨今、歩く話というと、特に旅行と結びつけて考える場合は、山歩きやトレッキングが話題になりやすい。しかし、山道にあるのは歩くことそのものとは少し違う喜びではないだろうか。山への征服欲、自然の中に身を置く喜び、身体にちょっと辛い運動を強いることに由来する筋肉的・内臓的な訓練の快感。

歩くことそのものの快楽を味わうとなると、あんがい都会の平らな道の方がふさわしいような気がする。道が平らだと、足下を見ないでもいい。山というのは意外に景色を見ないもので、峠で一休みするまではずっと足下だけ見ていたということが少なくない。脚下照顧はいいけれど、なんとも寂しい。

都会ならば舗装した道にはまず障害物はないから、視線を上げて周囲を見ながら歩くことができる。踏み心地からいうと土の道がいちばんだが、舗装の堅さを和らげるべくスニーカーというものが発明されて、舗装問題はほぼ解決されたと言っていい。

次に、都会には見るべきものがたくさんある。建物、公園、並木、看板、ショーウィンドウ、そして異性たち（この最後の項目については、歩く快楽にそれを入れるのは不純だという異論もあるだろうが、しかしだいたい異性というものはすれ違うときに一瞬だけ見るから美しいのであって、一時間の注視に耐える顔はめったにない。歩くからこそ見えるのだからここに含めておこう）。つまり、歩くための動機がそれだけ多いわけだ。

それに都会は変化に富んでいる。人に移動を促すのは、その先には何かいいものがあるかもしれないという期待である。都会にはそれが街角ごとにある。それにだまされてひたすら歩き続ける愚か者を旅人という。充分にそれを自覚しているぼくが言うのだから間違いない。

こういう話は具体例を提示しないと説得力に欠ける。数時間の歩行の間にさまざまな風景が見られて、歴史的にも地理的にも変化に富んでいて、しかも美しいものが多い都会。今、ぼくが推薦するならば、例えば小樽。

まず、ここは日本の都市には珍しく歴史的建造物が多く残っている。日本銀行小樽支店や旧日本郵船小樽支店、有名になった運河の一帯、その他、市の指定歴史的建造物七十九件は一日がかり二日がかりでも見るに値する。辰野金吾、佐立《さたち》七次郎、曽禰《そね》達蔵、明治から大正にかけての大物建築家がこれだけ揃って今も見られるところは他にないのではないか。しかもそれが、ちょっとした健脚家が一日で歩ける範囲内にまとまっている。

その間に出会う異性については、各自で体験していただきたい。歩くことを基本に旅を組み立て、それにふさわしい町を選ぶという姿勢の先に、ふっくらとした優雅な日本の過去が見えてくるような気がする。

Ⅲ

南極半島周航記

たまたまガイドブックを買ったからその地に行ってみる、というのは典型的な本末転倒だと思う。衝動的にドアを一枚買って、それに合う家を建てるようなもの。

たしか二〇〇二年の夏にロンドンに行った時だったと思うが、トラベル・ブックショップというよく行く書店でロンリープラネット社の『南極』を買った。

旅に出る時はたいていこのシリーズのガイドブックを使う。愛知万博でこの出版社の創始者トニー・ウィーラーに会った際、ぼくは日本でいちばん御社のガイドブックを活用している作家だと豪語した。蔵書について自慢できることはあまりないけれど、ロンリープラネットだけは二十冊以上あって、よく使い込んでいる。

買った時に南極に行くあてがあったわけではない。あの人の住まない土地についてガイドブックがあるというだけで感動して、とりあえずレジに運んだ。旅のドアだけは準備できた。

しかし、それ以来ずっとこのガイドブックを使う機会は訪れなかった。ぼくは時々ページを開いて、拾い読みをして、また書棚に戻した。

去年になって、念願の南極旅行にちょっと具体化の兆しが見えた。次の長篇小説の案を考えている時、二十五年前にメモを作った氷山の話を書こうかと思ったのだ。そうなると氷山を見に行かなければならない。南極大陸に上陸するのではなく、その周辺の海を航海する。

そこでロンリープラネットの『南極』を改めて持ち出した。このガイドブックによると、南極観光には二つのやりかたがあるようだ。一つは飛行機で行って南極大陸のどこかに降りるもの。中にはいきなり南極点に着陸というのさえある。もう一つはオーストラリアないしニュージーランドから、あるいはアルゼンチンの南端から、船で行ってもっぱら海から風景を見て、ところどころで上陸するという方法。ぼくの場合は目当てが氷山なのだから船に乗るのが正解。

それで二〇〇九年二月の十七日、アルゼンチンの南端ウスアイアを出る船に乗ることにした。本当はニュージーランドから行きたかったのだが、いくつかの条件で折り合いが悪くて実現しなかった。乗ったのはオーロラ・エクスペディションズというオーストラリアのアウトドア・ツアー専門の会社が運航するポーラー・パイオニアという船だ。

その旅の日誌をここに公開する。行く先は南極大陸から細く長く突き出した南極半島の西側。たくさんの島がある多島海だ。

ちなみに、先日の南極条約会議で「観光船の定員を五百人乗り以下とし、一度に上陸できる人数を百人以下とすることを業者に義務づける規則を採択した」という報道があったけれど、ぼくが乗った船は乗客数が五十三人という小さな船だから、新しい条件を事前にクリアしていた。

以下、この旅のことを日誌の形で報告しよう。

二月十七日

1600（午後四時。時間の表記は以下同）に乗船。

乗ってみたら客の大半はオーストラリア人の若くないカップルだった。引退して好きなことができるアウトドア派ばかり。みな気のいい人々で、スタッフもみんなオージー。

桟橋にいるのを遠くから見た時はずいぶん小さい印象だったけれど、乗ってみたらこれでも充分に大きな船だ。フィンランド製で船籍はロシア。クルーもロシア人。もともとは氷海の科学研究船だったという。砕氷船ではないけれどそれに準じる強度があるとこのクルーズのリーダーであるHoward《ハワード》は言う。信じよう。

今朝のぞいてみた海事博物館に、二〇〇〇年の夏にこれと同じような用途のクリッパー・アドヴェンチャーという船が氷海に閉じ込められ、アルゼンチンの砕氷艦アルミランテ・イリサールが救出したという記事が堂々と得意げに展示されていた（アルマダ・アルヘンティーナ〔アルゼンチン海軍〕がフォークランド戦争で負けたことはどこにも展示がない）。

まあ、そういう海なのだ。

最上甲板で最初のブリーフィング。

１８００にバーで救難訓練の説明をした上でそのままライフボートに乗る練習。

１８４０出港。晴れて気持ちのいい日だから寒風に耐えてみな外にいた。気温は一〇度だが体感温度は〇度くらいの感じ。どんどん熱が奪われる。

夜。ドレーク海峡を横断する間は揺れるから、酔い止めを飲んでひたすら眠る。

二月十八日

朝食をしっかり食べて（果物、ヨーグルト、トースト、スクランブルエッグ）、また寝る。

0930にゴム長の配給。自分のサイズに合ったものを選んで部屋に持ち帰る。ゾディアック（船外機付きの頑丈なゴムボート）での上陸は必ず足を濡らすから、自分の靴で上陸することはない。

1100にSusie《スージー》（エコロジー担当のスタッフ）の講義、『南極概論』。

1300に昼食。ハムとチーズとパン、野菜など。

1430に講義室でスージーの講義。『南極の海鳥』。

1845にバーで船長主催のパーティー。パンチを飲んでカナッペを食べる。ニコライ船長はかつて冬の海でこのサイズの船を指揮、他の船と船団を組んでウラジオストックからムルマンスクまで航海したという氷海の達人。

1930に夕食。ベーコンを巻いたチキン、ラタトゥーユ、サツマイモ。

これらの間はずっとうつらうつら眠っていた。午後から荒れてきたが船酔いはしなかった。ただ無気力で眠い。トイレに立つのも決心がいる。揺れるというのはこういうことか。

二月十九日

海がずいぶん静かになった。南極収束線（南極海流と亜熱帯海流の境界）を越えたらしい。

０８３０に朝食。

１０００予定のゾディアックの説明は全員参加が原則なのだが、まだ船酔いで動けない者がいるので午後に延期。代わりに『ペンギン論』の講義。幼羽から成鳥羽への換羽の時がおもしろい。まだダウンが残っているのに水に入ってしまった愚かな鳥のみじめな姿とか（しかし、この子は死ぬのだろう。ダウンは水中の防寒にはならない。たっぷり水を含んで寒風の中に立っていたら体温はどんどん下がる）。

１３００の昼食はスモークト・サーモンとグリーン・アスパラガスのペンネ。それにサラダ。

ハワードは一二ノットで走る船で通り過ぎるのに七時間かかるほど大きな氷山に出会ったことがあるという。

ゾディアックの説明はおもしろかった。現実感がある。明日は上陸という感じが伝わる。なにしろ年寄りが多いからスタッフも大変だろうと思う。これを全員生きたまま連れて帰るのだから。

1830からカクテルアワー。明日の衣類を整理した後で少し遅れて行く。オレンジジュースとウォッカ＋何かの飲み物（スクリュードライバーの変形？）。

医師のLeslie《レズリー》と話す。ニセコのようなスキー・リゾートのおかげもあって北海道はオーストラリア人の間ではよく知られた土地だ。彼女も稚内からサハリンに船で渡っている。ぼくも乗った航路。

1930から夕食。ポーク・ソテー、マッシュト・ポテト、ブロッコリと紫キャベツと干しぶどうの蒸しもの。デザートにプディング。みんなが「こんなイギリスくさいもの」と言うから、そこまでオーストラリアは宗主国を離れたのだろう。

そのまま就寝。

二月二十日

今日はいよいよ接岸。日が出て明るくなってすぐDeception《デセプション》島の狭いところ（ネプチューンの鞴《ふいご》）を通り、０６００にはWhalers《ウェイラーズ》湾に上陸していた。ゾディアックに乗るのは最初は少し戸惑うが、こういうことはすぐに慣れる。上陸の手順が身に付く。甲板への出口にかけてある自分の名札を裏返し、ギャングウェイ（乗下船用の渡船橋）を降りて、船側と舟側二人の手助けのもとに乗り込む。舷側に坐って、背中のデイパックを外して膝の間に置く。浜で降りる時は必ず船尾側から脚を回すこと。逆にすると姿勢が崩れて海に落ちる。

捕鯨湾は建物の残骸がおもしろい。英国海軍の基地、それもせいぜい気象観測だけというところ。その前が捕鯨基地。アザラシが少しいて、戻る直前にペンギンを二羽見かけた。

この島にはまったく植生がない。午後から行ったLivingston《リヴィングストン》島には草くらいは生えていたのだから、理由は火山島で噴火から間もないということか。荒涼として、それはそれで美しい。

戻って朝食。

しばらくの後、船を動かして、今度はTelefon《テレフォン》湾に上陸。なにげなく参加したら、ここはひたすら歩く場所だった。カルデラを巡るコースで頂点は標高二〇〇メートルくらい。肉体の苦労がすぐ達成感に変換されるのがアウトドアのよいところ。

昼食は野菜のポタージュ（むしろbroth《ブロス》？）とマフィンだけ。ちょっと軽い。

午後、二時半に、今度はリヴィングストン島のHannah《ハンナ》岬に上陸。ここは錨泊した船からのゾディアックへの移動がずいぶん遠かった。

岸に近づいただけで臭う。強烈な生物の臭い。先ほどのデセプション島がまったく無臭で鉱物的だったのと対照的。

上がってみると、ペンギンとアザラシと海鳥（petrel ウミツバメ）がごちゃごちゃいる。

ペンギンは直立しているから、どこか擬人法的にかわいいということになる。歩く時に翼を突き出してバランスを取る姿はまるでグルーチョ・マルクス。三羽が並んで早足で歩いていて、人間を気にしてよそ見しているうちに、いちばん後ろの一羽がゾディアックの繋留索につまずいた。そのままコメディーの一場面だ。

その一方、彼らが大きな岩の陰にじっと立っているところはまるで墓地のように見える。一羽ずつが墓石なのだ。骨や死骸も見かけるし、死を無視できないのが自然。

だが、彼らが最も生気あふれるのは水中で魚を追っている時だろう。それを見ないままで正しい判断はできない。

非生物の風景にも惹かれる。海に面した氷河の断面。色合いの多彩な岩山。

大事なのは、デセプション島と違って、ここには植生があるということ。蘚苔類《せんたい》だけでなく、芝のような草がある。草食動物はいないようだが。雪渓由来の真水の水たまりもある。

五時ごろの早い便で船に戻って、久しぶりにシャワーを浴びる。

夕食はビーフ・ストロガノフ。

二月二十一日
朝食を0700に済ませて、船が錨を降ろすのを待ってすぐにCuverville《キューヴァーヴィル》島に上陸。
ここはもっぱらペンギンの島。アザラシもいるけれど、ジェントゥー・ペンギンの方が数ゆえに存在感がある。フラットな海岸をずっと端から端まで歩く。

ペンギンの中には好奇心の強いのがいて、人間の方へ寄ってきてしばらくじっと見ている。その距離は一メートル。やがて、わかったという顔で離れていく。何がわかったのか。

ハワードがゾディアックで氷海クルーズに連れていってくれる。これはおもしろかった。遠くから望遠レンズで撮っていたものが広角で撮れる。形のさまざま、表面の模様、よくわかった。融けてU字型になった氷山の内奥まで入っていく（船外機の排気の臭いがひどいけれど）。まるでモスクの内陣のような光景。アルハンブラのよう。

その一方、南極半島の西側を行き来するこのクルーズでは、本当に大きな卓状氷山は見られないことに気づく。こちら側にはそんな大きな氷河はない。ニュージーランドからの旅だったらどこがどう違っていたのだろう？

船に戻る直前、クジラを見た。懐かしいザトウクジラ。シルバー・バンクとクイーン・シャーロットに次いで人生で三度目の出会い。

水面を縫うミシン針のように泳いで魚を捕るペンギンもおもしろい。いつも数羽が列になっている。

昼食は自分で作るサンドイッチ。バゲットもどきにトゥナとチキンと玉子の具を挟む。最後は面倒になって具だけサラダとして食べていた。

その間に船は移動して、Paradise《パラダイス》湾のBrown《ブラウン》基地の前まで行く。ブリッジ（操舵室）というのが楽しい場所であることに気づき、デッド・スロー（極微速）での接近から投錨までずっと見ていた。

ここはアルゼンチンの科学観測基地だったのだが、一九九二年だったか、隊長兼医師が越冬という事態におびえて放火、それいらい放棄されていたのだという。再開するための設営隊九名が滞在している。

見るほどのものはないのにと思っていると、ハワードは裏の雪の山にみんなを連れて行った。滑りやすい雪の上を歩いて標高九二メートルまで登る。帰りが滑りやすくて大変だろうと思っていると、なんと滑り台の要領で、あるいはお尻ボブスレーで、楽々降りられるのだ。先に降りた者は一人一人の到着を歓声をあげて迎え、みんな子供のように楽しんだ。

その後はまた氷海クルーズ。ここには鵜《う》がいる。

おもしろかったのは、氷況がどんどん変わること。小さめの氷山が浮いているのはどこでも同じだが、もっとずっと小さな海氷がどんどん増える。その間をざぐざぐ押し分けながら進む。ハワードはZodiac Icebreaker（砕氷船）などと言っているが、水面が見えないところを進むのはなかなかのスリルだ。ミニ氷山もがんがんぶつかるし、船底にショックがくる。

この海氷がたがいに癒着して一枚の氷になったらゾディアックでは進めない。船に戻って、みんなの長靴クリーニングで少し奉仕した後、休憩。

その後で、とても狭いLemaire《ラメール》海峡（別名Kodak《コダック》 Gap《ギャップ》）。それだけみんなが写真を撮ったということだ）を通るというのでブリッジで見物する。一時間ばかりずっと立って見ていた。左は南極半島そのもの、右はBooth《ブース》島。ここでもクジラを見た。こんなに見物人の多い賑やかなブリッジで操船するとは、観光船の船長も楽ではない。1930の予定の夕食が海峡通過で一時間遅れた。内容はサーモンの蒸したのとリゾット。

二月二十二日

朝食が七時と早かったのは、八時ごろになるはずの南極圏通過に備えてのことだった。だいたいハワードは予定を公表しない。その時になってみんなびっくりする。

　八時過ぎ、南緯六六度三三分の南極圏を通過。汽笛を鳴らし、シャンペンで祝う。Penny《ペニー》がみなの額に丸い輪のスタンプを押してまわる。

　その後、ずいぶん走って、十時頃Detaille《デティユ》島に到着。歩くところはあまりないし、ペンギンもアザラシも少しだが、ここには研究所の遺跡がある。一九五〇年代のイギリスの建物で、Grahamland《グレアムランド》（このあたりの地名）調査隊のために造られたが、何かの理由で急いで放棄された。

　建物がまったく壊れていないので生活感がある。缶詰とか、絞り器のついた洗濯機、雑誌は『Encounter《エンカウンター》』があったのでインテリがいたことがわかる。いろいろ見ていって、今とのいちばんの違いはプラスチックというものがまだなかったこと。

　船に戻ってすぐに寒中水泳大会。ギャングウェイから氷海に飛び込んで大急ぎで戻る。参加者は十五人くらいはいたか。顔長おじさんの偉業をビデオで撮る役を押し付けられ、後でおおいに感謝された。夕食の時に聞いたら彼は計測エレクトロニクスという分野の人で、昔の真空管の回路のことなど、なかなか話が合った。

　ブリッジで見ていると、南緯も西経も共に六六度という瞬間があった。

次の目的地はProspect《プロスペクト》岬だが、夕食の方が先になった。七時からローストビーフの食事をして、八時にゾディアックを出した。雪の丘に登るだけで特に見るものはないのだが、それでも長い夕暮れの光で見る氷海はまた美しい。

その後はゾディアックでいろいろな氷山を見てまわるクルーズ。

ここで気づいたのだが、ゾディアックというのはつくづくよくできている。これと船外機の組合せで浅い海での人間の行動性はずいぶん広がったはずで、発明者のクストーはえらい。少々の海氷は押し分け、乗り越えて、進めるし、軽くて吃水が浅いので接岸が容易。気室が八つに分かれているので安全性が高い。これもまずは素材となるゴム・シートの強度がすべての基礎で、その意味では材料工学の成果なのだろうが、用途とデザインの組合せが優れている。

さすがに冷え切っていたので、戻ってすぐにシャワー。

二月二十三日
一般的な上陸の手順。
船室で厚いズボンと厚い靴下を履き、フリースの前を閉め、シェルを着て、帽子をかぶり、ポケットの手袋を確かめる。長靴を履く。ライフジャケットを着て、カメラ一式をいれたデイパックを背負って外に出る。船を出るしるしに名札を裏返して、ギャングウェイでゾディアックを待つ。戻った時には長靴の底を互いに洗い合うというもう一つの責務がある。

午前中はYalour《イェイラー》島。広さはあまりなく、地面は岩と雪、ところどころ泥。ペンギンがいるだけで他には見るものはない。

この間から考えているのだが、ペンギンにとって時間とは何か。何かしている時にはその動きにつれて時間が流れる。海で餌を捕る時、陸でも用ありげに歩いている時、仲間と喧嘩している時、そういう時間はいわば励起された状態でその運動の中から湧いて出る。しかしまったく何もしないでじっと立っている時、彼らの中にはいかなる時間があるか?

一つは生理の時間だ。消化や成長や換羽の準備などの、いわば内分泌的な時間。しかしぼくがここで気にしているのは脳内の時間、どんなものにせよ知的な時間のことではないか。

それらすべてを超えて、あるいは覆って、生きていることの喜びの時間があるのだろう。

今朝はゾディアックを出す時から風が強かった。二〇ノット（秒速一〇メートル）に近い。帰りにはもっと強くなっていて、それだけ波も高かった。だからスージーは慎重に舟を進めていた。船に戻ってギャングウェイに着け、荒れる海でなんとかロープで固定しようと彼女とギャングウェイに立つロシア人の船員が頑張っている時、船員が「離脱しろ、挟まれる！」と言った。見ると、二階建ての住宅一軒くらいのサイズの氷山が風に追い立てられて寄ってきている。スージーはあわててロープをほどき、艇尾に戻って船外機を煽り、その場を抜け出した。挟まれたらおそらくちょっとした事故だっただろう。ゾディアックがつぶされて何人かが海に落ちたかもしれない。

危機一髪には違いない。しかし冷静になって考えてみると、少なくとも十秒の余裕はあった。もう一つ何かがうまく行かないということがなければ事故にはならない。つまりあれは航空業界で言う incident であって、そこから本当の accident までは三百倍の隔たりがあるということ。だいたいみんなスリルがあると喜んでいたし、終わってしまったらもう忘れている。

危険のことはしばしば考える。この前の晩にしても、風が強い中、気温〇度、水温一度で、日が落ちて薄暗いのに、大小の氷山がひしめく海面を、吹きさらしのゾディアックの舷側に軽く腰をおろしただけで（シートベルトはないのだ）、右に左に走り回る。操縦者は艇尾に立って、左手で舵柄兼スロットルを握り、右手は艇体に結んだロープを握って安定を保つという姿勢。船外機は時として止まる。たいてい燃料系に泡が入るくらいだからすぐに再始動するのだが。

そうまでして得られるのは海面の高さからさまざまな形の氷山を間近に見られるということだけ。まあ、酔狂というしかない。

観光旅行なのだから安全は保証されている。それでもディズニーランドよりはおそらく三桁くらい低い安全率だろう。自分の体験でいうとムスタンの旅に似ている。崖の途中の狭い道を馬で行く。馬が足を滑らせたら谷に落ちる。心配してもしかたがないので馬に任せてそのまま進む。

そういう状況に身を置いてしまった以上、その場では従容となりゆきに任せるしかない。馬もゾディアックも、任せる相手なのだ。

それにしてもゾディアックはすごい。いわば水面に張り付いているようなもので、転覆するとしたら荒れた海で速度を出しすぎて艇体が水面から浮いたところに下から風が吹き込んで煽られる、という場合だろうか。そういう想像を無理にもさせるくらいの信頼性。

午後はArgentine《アルゼンチン》諸島にあるウクライナのVernadsky《ヴェルナドスキー》基地を訪問する。案内係は慣れたもので、「誰も見もしない気象情報のために観測装置がここから一キロ離れたところにあります。そこまでの往復は少しばかり危険を伴うので、だからこの基地には気象学者が二人います」などと、ものすごくなまった英語でなめらかにユーモラスに説明する。オゾン層の観測が主務であるらしいが、大洋を持たないウクライナがなぜこんな観測基地を造って運営しているのか。ヴェルナドスキーはあの国の科学者の名だが。

その後、ゾディアックで少し移動して、イギリスが運営していたWordie《ワーディー》 Hut《ハット》という観測施設を見る。

ここから戻る際、人なつこいアザラシが一頭ずっとゾディアックの後をついてきた。バハマのイルカを思い出すが、あれほど旺盛な好奇心ではない。後を追ってきて一五秒おきに姿を水面に見せるだけ。しかし彼はたしかに何か普段とは違うことをして遊んでいる。

夕食はチキン・カレー。それに我が好物のライム・ピクルズ。

二月二十四日

午前中はPleneau《プレノー》湾のゾディアック・クルーズ。ハワードが「すばらしい天気ですね」と言うだけあって、氷雨、風が強く（二〇ノットくらい）、その分だけ波もあるというひどい状態。しかもずっと坐ったままで身体を動かさないからその分だけ冷える。これまでで最も過酷か。

手袋が問題だった。条件が悪い時の舟の上ではカメラは小さいキャノンのG9の方が使いやすいのでこちらをシェルの下にいれて、ＥＯＳは置いていった。すると分厚い防水の保温性のある手袋では操作できないから、薄い方にしたのだが、乗って十分もするとすっかり濡れてしまって、索具を握っているから風でどんどん手が冷たくなる。感覚がなくなる。しばらくして索具をつかんだまま腿の下に挟むという方法に気づいた。

速度を上げると前から飛来する氷粒が顔に当たって痛い。つい下を向いていることになる。シェルのフードの隙間から少しだけ海を見る。

奇妙な形の氷山を巡るのだが、それはそれでたしかにおもしろい。一度はキツネの横顔にそっくりのものを見た。自然の彫刻はさまざまな形を作る。岩と違って形成の速度が速いし、大気と海の界面だから作用する力が大きい。純白の、無限の、奇巌城。とりわけ青いのや、透明感のきわだつのがある。

いつもやるようにハワードが二つの氷山の間に舟を入れた。ゆっくりと入っていって、低く平らで表面も滑らか、固体感のある方に寄せて、そこでエンジンを切った。この静寂はいつも好ましい。エンジンとスピーカーが発明される前の時代に戻れる。

その時、バン！　と鋭い爆発音がした。船で信号弾を打ち上げたのかと一瞬思った。（しかし船は遠かったし、まったく轟きを伴わなかったのだから近かったわけだ）。その直後、ぼくから見て右にあった低い氷山の反対側の高くそびえた氷山の上の方が割れて、大きな塊が海面に落下した。乗用車一台分くらいの量がある程度までばらばらになって一気に落ちる。水しぶきがあがり、波がゾディアックに押し寄せる。

一瞬の後、みんな興奮して笑い出していた。あの爆発音は亀裂の音だった。

氷山がいかにも安定した姿を見せながら実は刻々その形を変えることは承知している。割れるし、転倒するし、さまざまに形を変える。この朝だって、きれいな細い輪の形を残した氷山を見たくらいだ。だから人が見ていないところで崩落が起こっているのはわかっていた。しかし、目の前でそれが起きるとやはり驚く。舟があの真下に停めてあったら、と考えないでもない。

完全に冷え切って、下着まで浸透した雨水で濡れて、船に戻る。すぐに熱いシャワー。

ゾディアックの上と船の上のこの差がおもしろい。

午後は「海の哺乳類の潜水能力」についてのスージーの講義（といっても、パワーポイントだけだけど）。乱獲で数が減った大型クジラの回復が遅いのは、一足早く対策が取られたアザラシ類が一気に増えてクリール（オキアミ）などの餌を独占してしまったからではないか、という説はおもしろい。そちらに傾いた形でニッチが固定してしまった。

１６００に南極半島のNeko harbour《ネコハーバー》でまた舟に乗る。操縦はペニーで、彼女は慎重で思慮深い。

風がまったくなく、海はそれこそ鏡のよう。空は曇り。気温は〇度。

上陸は先に延ばして、ずっとクルーズを続ける。眠る二頭のザトウクジラを見つけ、ずっとそばで見ていた。わずかな動きと時おりのブロウ（潮吹き）だけ。エンジンを切っているから何の音もしない。これはとてもよい時間だった。

最初に誰かの舟がクジラを見つけ、我々を含む他の舟も集まって見ていて、やがてクジラが水面下に姿を隠したので、みな散っていった。それでもペニーはしつこくねばり、また彼らを見つけた。みな黙ったままじっと見ている。ブロウの他に彼らはうがいのような、いびきのような音を時おりたてる。あれは初めて聞いた。

また彼らが姿を消したので、諦めて上陸に向かう。風がないとはいえ身体が冷え切っていて、少しでも歩きたい。

陸に近づくとたんにペンギンの臭いがする。売れない魚屋の閉店後みたいな臭い。陸地は広くないし、そのほとんどがペンギンの営巣地になっている。五メートル以内に近づいてはいけないルールを鳥の方がまったく無視している。人間などほとんど気にしていないのだ。人間の存在は彼らの繁殖行動にいかなる影響も与えないという研究結果があるそうだし。

ここでこの前から見ていた彼らのあのふるまいの意味がようやくわかった。二羽か三羽が一列になって早足で歩く。まず二羽の例を見たのだが、前のは成鳥で後のは仔。

親と子なのだ。親は必死で逃げ、子は必死で追う。親はどこかで諦めて足を止める。子は親のくちばしを下から繰り返ししつこくつつく。親は（たぶんある種の反射なのだろう）やがて口を開いて、待ち受けている子の口の中に沖で捕ってきた餌を吐き戻して与える。これが六回から七回ほど繰り返される。それでも子は満足しない。親は「いい加減にしろ」と言わんばかりに、子のくちばしを自分のくちばしで挟んで閉じてしまう。それでも子は諦めず、親はまたすたこらさっさと逃げ出す。子は追いかけるが、満腹のせいで最初の時ほどの勢いはない。やがて諦める。

見ると、ダウンのせいもあるが、子はまるまると太り、親はやせている。沖で一列になって海面を出入りしながら餌を捕っていた親はこうやって子に運んでいたのだ。後で見た例では親はしつこい子から逃れるために海に入ってしまった。もう子は追えない。それでもうっかり水に入った子が十九日のあの講義の例。

種を維持するために個体のエゴイズムが利用される。貪欲な子が生き延びる。

ちょうどそこにいたスージーに聞いたところでは、親子は互いに識別しているのだそうだ。浜にはあれほどたくさんのペンギンがいるのだから、沖から戻った親は子にたまたま出会うのか。これは自分の分と思って胃の中に確保するつもりでいた餌を奪われるのか。

この成果を得て、船に戻ることにした。

乗って海に出てすぐ、船の背後にそそり立つ氷河の先端が崩落した。午前中に我々が体験したのとは規模が違う。津波が起こって、まだみなが残っている浜を襲った(こういう擬人法的な言いかたは正しくないけれど)。波打ち際にいた誰かが下半身を濡らしたかもしれない。

夕食は「シェフのサプライズ」とバーのメニューにあったけれど、これがなんと後甲板でのバーベキュー。風はないが雨は降っている。パーティー用の奇妙な帽子やかつらが配給され、震えながら盛り上がる。このユーモア感はまさに英連邦人のものだ。流れる曲がABBAというのはつまり参加者の多くがそういう世代だからだ。

二月二十五日

海上活動最後の日。

その後、Rick Atkinson《リック　アトキンソン》なる人物が来て、Port Lockroy《ポート　ロックロイ》の博物館の説明。要するに残った施設をそのまま維持しようということなのだが、印象は僅かに荒れた最初のところの方がずっと強い。ここは電離層の研究が主務で、だから電気機器がおもしろい。真空管とあの小さな抵抗やコンデンサー、なんとバリコンまで使っていて、懐かしかった。

ショップでは本しか買わない。それもたいしたものではなかった。

ポート・ロックロイの前に近くの島に上がって、最後のペンギンとの会合。クジラの全身骨格が飾ってあるのが印象的なくらいで、それ以上のものではない。ペンギンの臭いもこれが最後。

昼食はハムや野菜サラダ（ビーツ入り）やチーズで自分でオープン・サラダを作って食べる。これはなかなかよい。ナイフで切ってフォークで食べるサンドイッチ。

午後はずっと航海。内海だから静かなもの。

１５３０にMerchior《メルチョール》諸島の真ん中に投錨して、最後のゾディアック・クルーズ。ぼくはスージーの舟だった。波があるので乗り込むのが大変。しかし空は明るくて、ところによって青空が見える。雲の形が美しい。

二時間ほどかけてゆっくり巡る。最初にうつらうつらしている二頭のザトウクジラを見つけ、ずっとそばにいた。一頭の尾の裏が本当にきれいに白一色で、それがごく細い黒で縁取りされている、あんなのは初めて見た。敢えて写真を撮らず、ここに書いて覚えておくことにした。この一頭には船に戻る直前にもう一度だけ会った。尾の裏の模様は一頭ずつ登録してあるはずだから、あるいは検索できるかもしれない。

あとはペンギン。数が少ない chinstrap《チンストラップ》（ヒゲペンギン）がいる。一羽とか二羽くらいで群れでは見ない。水面を縫うのはみなジェントゥー・ペンギンだろう。

岩の島と同じサイズの氷山の間の狭い水路をわざと抜ける。潮が速くて波があって、幅はゾディアックの倍くらいしかないから、スリルがある。つまり無意味な危険を楽しむ。この間からいろいろな場合に、brave と stupid をしてきた。あの寒中水泳の時に Matt《マット》 に勇敢だねと言ったら彼は自分でバカと言った。まあそういうことだ。

1745に船に戻り、その半時間後には船は本格的に揺れ始めた。多島海を西に出て外洋を北上するつもりなのだ。

揺れる中で夕食。揺れのせいでいつもほどの食欲ではない。ブフ・ブルギニヨン（ブルゴーニュ風ビーフシチュー）の上をパイ皮で覆って焼いたおいしい料理だが、肉を一切れのこして退散。デザートはチーズケーキ。これは普通でも半分でいいもので、それでも半分は食べた。

戻って寝る。そのまま朝の七時まで眠ってしまった。酔い止めも飲んだが、どうやら揺れると眠くなる体質らしい。

二月二十六日

七時に起床。

ずっと気圧が九七〇くらいと異常に低かったのに（だから天気が悪いわけでもない）、昨夜は一〇一二と平常に戻っていた。

朝食の後は嗜眠三昧。

1030からスージーのショウ「南極条約とエコロジー」。シロナガスクジラの激減がやはり印象的。一九七〇年代までの産業だった。

1730からOur Antarctic Recapという会がバーであるという。全員参加の思い出し会。スージーが司会で、一日ごとの活動を振り返り、みなが思いを述べる。ぼくは頭の上に崩壊した氷山のかけらが落ちてきた時のことを報告。

夕食はベーコンを巻いたビーフのロースト。それに野菜のシチュー。

食後、夕日がきれいだとペニーが放送したのでブリッジに上がる。たしかに美しい。しかしやはり水平線上に僅かに雲があって緑の光にはならない。

海は来た時よりずっと穏やか。酔い止めは不要。

二月二十七日

本当に最後の日。ほとんど何もしないでいる。

朝食の後に明日の下船手続きの説明。

１５００から順繰りに機関室の見学。ぼくは１５４５の回。大きなピストンのスペアが並んでいる。工作室には本格的な旋盤がある。何がどう故障しても自分で直して帰投という姿勢。

六時半から船長とのお別れの会。今回は海路が平穏であったけれど、過去には五〇ノットの風が吹き荒れて船が五〇度まで傾くようなこともあったというスピーチ。それは大変だ！

夕食はビーフカレーとクスクス。

二月二十八日

朝の七時に接岸。

朝食を終え、ウクライナとイギリスの基地のスタンプのあるパスポートを受け取って、荷物を持って下船。タクシーでホテルに到る。

すべて終わった。

あとがき

この本をまとめていて、ぼくにとって乗ることは快楽であるとしみじみ覚った。それを知らなかったわけではない。だから数年前、(あまり自覚のないままに)できるかぎりたくさんの乗り物を登場させる長篇小説を書いた。それが本書の中でも触れた南極旅行の成果で、タイトルは『氷山の南』。

この話の中で主人公である貝沢仁《かいざわじん》という青年が乗ったり間近に見たりする乗り物を紹介しよう――

極地研究船　シンディバード号
その救命艇
大型外洋タグボート　サムソン号

ヘリコプター　ベル412EP　「ロック号」
「箱船」と名付けられた大きな氷山
飛行艇　新明和のUS‐2
ゾディアック　高性能のゴムボート
タンデム（つまり二人乗り）のカヤック
ロード・トレイン　オーストラリアにしかない三連の大型トレーラー・トラック。汽車に似ているのでこの名で呼ばれ、機関車にあたる部分を「プライム・ムーバー」と呼ぶ
無人機　無着陸で初の世界一周飛行をした二人乗りの「ルータン・ボイジャー」のコピー
汎用艇《テンダー》
橇
トラック
「すごく古い、角張った、四駆の車」　たぶん昔のランドローヴァー
モーターボート

長距離バス
ジープ便
定期便の飛行機　たぶんボーイング737あたり
雪上車

こうして並べているうちに気づいたのだが、この小説の原形はジュール・ヴェルヌの『八十日間世界一周』かもしれない。さまざまな手段を駆使しての移動の記述。書いている時は念頭になかったけれど、どうもぼくは意識下であれをなぞっていたらしい。まず状況を設定するところやそこに参集する人々の造形なども似ている。小説の技法としてはずいぶん古いのかもしれない。

この十九世紀の名作の中で、主人公フィリアス・フォッグと従者のパスパルトゥーは馬車、鉄道、気球、汽船、象、などに乗る（映画では横浜の場面で人力車が出てこなかったか？　ここはどうも記憶が曖昧）。

つまりあの時代から人は本格的な移動の時代に入った。その発達の結果の今だ。まあこれも大して意味のあることではないだろう。エッセーというのはそれでいいのだけれど。

二〇一七年師走　札幌

初出一覧

I

一九五一、帯広から上野まで（『Harmony』二〇一一年五／六月号）、新幹線とTGV『Harmony』（二〇一四年一／二月号）、モーニング・ティーは何時にいたしましょう？（『Harmony』二〇一一年三／四月号）、沙漠の鉄路（初出未詳）、地下鉄漫談（『Harmony』二〇一三年九／十月号）、市電の四通八達（『Harmony』二〇一二年一／二月号）、チューブ、タクシー、ダブルデッカー（『Harmony』二〇一三年十一／十二月号）交差点、ロータリー、制限速度（『Harmony』二〇一三年五／六月号）、御殿場からの帰路（『Harmony』二〇一四年五／六月号）、レンタカー活用法（『Harmony』二〇一四年三／四月号）、バスを待つ（『Harmony』二〇一一年十一／十二月号）、エレベーター漫談（『Harmony』二〇一二年五／六月号）、フェリーあるいは渡し船（『Harmony』二〇一二年九／十月号）、川と運河を舟で行く（『Harmony』二〇一二年七／八月号）、エーゲ海の島々へ（『Harmony』二〇一一年七／八月号）、いつか船に乗って……（初出未詳）、噴火口を真上から（『Harmony』二〇一〇年九／十月号「クパイアナハ火口を真上から」改題）、ストックホルムの熱気球（『Harmony』二〇一一年九／十月号）、スケート通勤、ヒコーキ通勤（『Harmony』二〇一一年一／二月号）、橇すべりと尻すべり（『Harmony』二〇一三年一／二月号）、自転車の上の人生（『Harmony』二〇一二年三／四月号）、努力ゼロで山に登る方法（『Harmony』二〇一三年三／四月号）、ヒマラヤを馬で行く（『Harmony』二〇一〇年十一／十二月号）、ヤギの運搬隊（『Harmony』二〇一三年七／八月号）、流氷の中のカヤック（『Harmony』二〇一二年十一／十二月号）、カヤック原論（初出未詳）、魅せられた旅人（『Harmony』二〇一〇年七／八月号「二百七十四日、浮氷で暮らした科学者、パパーニン」改題）

II

ぼくはDC－3に乗った！（『Winds』一九九九年八月号）、一人で空を飛ぶ日（『Winds』二〇〇二年八月号）、飛行機と文学（初出未詳）、歩く快楽と町の選択（初出未詳）

III

南極半島周航記（『Coyote』no37、二〇〇九年六月）

本書は「のりものづくし」（TS CUBIC CARD GOLD 会員誌『Harmony』二〇一〇年七／八月号～二〇一四年五／六月号に連載）を主に、乗り物に関するエッセーを集めた文庫オリジナル編集です。

中公文庫

のりものづくし

2018年1月25日　初版発行

著　者　池《いけ》澤《ざわ》夏《なつ》樹《き》

発行者　大橋善光

発行所　中央公論新社
〒100-8152　東京都千代田区大手町1-7-1
電話　販売 03-5299-1730　編集 03-5299-1890
URL http://www.chuko.co.jp/

DTP　嵐下英治
印　刷　三晃印刷
製　本　小泉製本

Published by CHUOKORON-SHINSHA, INC.
Printed in Japan　ISBN978-4-12-206518-5 C1195